女王サマは優雅なご稼業!?

～桃宮は危険な恋に満ちて～

JN286804

めぐみ和季

WAKI MEGUMI

一迅社文庫アイリス

CONTENTS

一、金崙のおちこぼれ娘　9
二、麗しき男たちの宮　28
三、純潔守れば一攫千金！　52
四、仲むつまじきは、不仲のはじまり　74
五、藍花VS.百人の美婿　87
六、罪の烙印　112
七、忍びよる刺客　146
八、容疑者、蓮羽　175
九、剛健。美貌。妖媚――ついでに無敵！　203
十、宮城はもう大騒ぎ　212
終、恋の桃花よ、永遠に！　239
あとがき　253

黎春《れいしゅん》
若くして
宰相代理を務める、
穏やかで有能な青年。
以前は男仙を
務めていた。
冬星《とうせい》
男仙の一人。
官吏の家系の本好き
青年で、常に愛の
書物『恋語』を
携帯している。
ヤン
飛猿の
相棒の白猿。
飛猿の仙術で
人に化けることが
できる。
飛猿《ひえん》
男仙の一人で、
砂漠の小国の王子。
白猿のヤンを
飼っていて、
仙術が使える。

女王サマは優雅なご稼業!?
～桃宮は危険な恋に満ちて～
人物紹介
蓮羽《れんう》
美しく凛とした男仙で、桃仙公主の寵愛を一身に受けた『仙王』。なぜか藍花の秘密を知っているようで…？
藍花《あいふぁ》
田舎町・豊蘭に住む没落貴族の娘。貧乏なため、守銭奴気味。宰相である父に呼び出され、桃仙公主の身代わりを務めることに…。
✿桃仙公主✿
金斎国を統べる女王の名称。女仙界の聖母が、地上の乱れを鎮めるべく末娘を遣わしたのが始まりとされる。
✿男仙✿
桃仙公主のために集められた、美形婿集団。桃仙公主も暮らす、桃宮で生活している。
✿宰相✿
政務をあずかる六つの機関の長・六卿の中で、一番地位が高い天官長の別名。桃仙公主が指名する。

イラストレーション◆サカノ景子

女王サマは優雅なご稼業？〜後宮は危険な恋に満ちて〜

Queen is Graceful Business!?

『敬愛する宰相・高宗仁《こうそうじん》様。
どうか気づいてください。この金崙《こんろん》の片隅に暮らすか弱き存在に。
我ら母娘《ははこ》は、吹けば飛ぶようなあばら屋に身を寄せ、
ボロ布をまとい、泥水をすすって、道ばたの枯草を噛《か》みしめ、
語らう友もなく、頼る知人もなく、而《それから》、而……
(——長くて鬱陶《うっとう》しいので、中略——)
噫《ああ》。宰相様。我らが悲壮はぞんぶんに伝わったでしょうか。
この哀れな母娘に、貴方《あなた》様のお慈悲の一片でも。
不《いいえ》。お慈悲などめっそうもない。せめて、せめて……

——請給我銭!!(お金、くださいっ!!)

貴方の何番目かの娘・藍花《あいふぁ》より』

一、金崙《こんろん》のおちこぼれ娘

（……怪しい。ぜったいに変だわ）

藍花《あいふぁ》は汗ばんだ手をにぎりしめる。彼女はたったひとりで馬車に揺られていた。馬車は帷車《いしゃ》と呼ばれる天蓋《てんがい》付きで周囲に帳《とばり》をぐるりと巡らせたものなのだが、帳が分厚いせいか、中は暗く、まるで監禁されているようだった。帳のすきまから外をのぞけば、併走する騎馬の護衛にギロリとにらまれ、あわてて顔をすっこめる。

その上、藍花は男ものの衣なんぞを着せられていた。青地に金の刺繍《ししゅう》が入ったひざ丈の上衣《うわぎ》を、綾《あや》の広帯で締め、下はゆったりとした白い裳袴《はかま》。長い髪は後ろで束ねていて、彼女のことを知らなければ、良家の子息にしか見えない。胸の膨らみを押さえた布のせいか、息苦しくてしかたがない。

（父さんに会えるんじゃなかったの？）

そう聞いたから、使いを名のる男についていったのに。男は藍花をまるで見当ちがいの邑《まち》につれていき、領主の屋敷でこんな格好をさせたのである。

そして、ようやく父がいるという都〈桃源《とうげん》〉に向かうことになったのだが、使いの男はすでに藍花の側《そば》にはいなかった。騎馬の護衛も、御者も、みんな領主から派遣されたとおぼしき者たちに入れかわっている。

藍花は外のようすをもう一度うかがった。わずかに見える景色は、先ほどまでのにぎやかな都の町並みから一転、薄紅一色だった。どうやら桃の花の並木道に入ったらしい。

桃花はこの金崙の国の女王の象徴《シンボル》だった。

昔々、女仙界の聖母が地上の乱れを憂い、それを鎮めるべく末娘を遣わしたのが、国のはじまりという。その後、彼女の血を受け継ぐ女子が代々〈桃仙公主《とうせんこうしゅ》〉を名のって、金崙を統《す》べ、国主でありながら、「仙公主」、または「公主殿下」などと呼ばれている。桃花が都のいたるところに見受けられるのは、かつて地に下りた初代桃仙公主が母を恋しがらぬよう、民が仙界と同じ花樹を植えたからだそうだ。

薄紅色の並木道の終点にはきっと桃仙公主が待つ宮城がある。

数日前までは、自分がこんな場所に来るなんて思いもよらなかった。

そう。豊蘭《ほうらん》の邑で、母と、同居人たちと暮らしていた、あの時の私は――。

◇

豊蘭の邑の一日は雄鳥の長い長い鳴き声ではじまる。

その声を合図に民は起きだし、動きだした。ある者はかまどに薪《まき》をくべ、ある者は朝市に出す品を荷車に積み、ある者は牛の尻《しり》をせっついて畑に向かう。

そして、ここにも朝の仕事にとりかかる者が――。

「……一人、二人、三人、四人……」

小窓からわずかな光が射しこむ納戸のような部屋だった。そこはおんぼろな木の寝床が所狭しと並べられ、大勢の子どもたち、中には成人とおぼしき者たちも二、三人まじり、ぐうすかと呑気《のんき》に眠っている。そんな彼らを、寝起きの藍花は目をこすりながら慎重に数えていく。

朝夕の二回、こうして彼らの数を確認するのが彼女の日課だった。なにせこの家では、いつ、いつのまにやら同居人が増えていることが日常茶飯事なのだから。

「……七人、八人…………十五人…………一匹……えっ？」

十五人まで数えて、彼女はひえっと凍り付いた。部屋の隅に見なれぬ巨体がごうごうと寝息をたてていたのだ。

（……ひえっ、く、熊《くま》っ!?）

いやいや、まばたきして、よく見ると、ただの巨漢のだらしない寝姿だったわけで――。

（なあんだ。よかった…………って、ぜんぜん、よくないでしょうがっ！）

藍花は寝床を飛びだした。巨漢をたたき起こすと思いきや、向かうのは隣室だった。

「母さんっ！」

隣室との間には壁がなく、麻布の幕をつり下げた、粗末な間仕切りがあるだけだった。それをくぐり、かまどで炊事をする母・梅鈴《めいりん》につめよっていくと、梅鈴はにこやかにふり返った。

「おはよう藍花ちゃん。ま、どうしたの？　朝から怖い顔」

「またやってくれたわね……」

「またって？」

「熊よっ、熊っ。だれなのよーっ。あの熊みたいな男はっ」

すると、梅鈴は悪びれるようすもなく、ころころと笑う。

「あら、藍花ちゃんには熊さんに見えた？　お母さんはてっきり牛さんだと……」

「そういう問題じゃないっていうのっ」

まだ本物の熊や牛のほうがマシというものだ。皮はとれるし、熊の胆は高く売れる。

「あ、そうだ、藍花ちゃん、それとね……」

母が懐をごそごそと探りだしたものだから、

(げっ、まさか……)

藍花はぞっとした。案の定、小さな巾着袋《きんちゃくぶくろ》を差しだしてきたので、藍花はひったくるように受けとり、おそるおそる中身を確かめる。

「一枚、二枚、三枚……なっ!?」

昨日給金をもらったばかりだというのに、残っているのは、銅貨数枚だけだった。

「どういうことっ?」

「あの牛さんが、今日《きょう》の明け方、家の前に倒れてたのよ。介抱してるうちに、酒場の主人だとかいう人がやってきてね。彼の飲み食いしたぶんをまとめて払ってくれって」

「……で、言われるまま、母さんが払ってあげたと?」

「だって行き倒れの人を見捨てるわけにはいかないでしょう」

「それ、行き倒れじゃなくて、飲んだくれなんだから――っ!」

……ああ、まただ。

母はこんな人なのだ。道に倒れた人があれば、連れ帰り、看病してやる。金の支払いに困った人がいれば、代わりに立て替えてやる。

その上、捨て子や孤児に出会えば、かならずと言っていいほど、引きとった。さらには疲れた旅人まで、無期限、無料で泊まらせてやる。

おかげで我が家の同居人は順調に(?)増えていき、彼らを養うため、ただでさえ収入のとぼしい家計は、底なしの右肩下がり。狭いボロ屋は常に満員御礼状態だ。あのたくさんある寝床もすべて藍花の手作りだった。

(……次のお給金の日までどうすんのよぅ)

天井をうつろな目で見上げて嘆く藍花とは対照的に、梅鈴はすがすがしい顔をして、かまどの鍋を杓子《しゃくし》でかき回す。

やがて家中に香ばしい葱《ねぎ》の匂《にお》いがたった。練った小麦粉の小片を、焦がした葱入りのスープで煮た「湯餅《タオビン》」は梅鈴お得意の料理だった。これでさえ、いつも食べられるものではない。藍花のお給金が入ったから、梅鈴が奮発して、小麦を買ったのだろう。

同居人たちも目覚めだし、「朝ご飯よ～」と梅鈴が彼らを笑顔で招くと、あの熊男がまっさきにやってきて、厨房《ちゅうぼう》に陣取ったので、藍花はふるふるとこぶしをふるわせる。

(あんたはもうちょっと遠慮しろぉ……っ)

一発殴ってやりたかったが、藍花は金にならない労力は使わない口である。

それよりもせねばならぬことがあった。彼女はふいに寝床に向かうと、たたんであった麻の衣にすばやく着替え、家を飛びだす。

「藍花ちゃん？　食べないの？」

母の呼びかけも聞こえない。藍花の頭の中は、失ったお金のことでいっぱいだった。

(……失ったお銭《ぜぜ》を取りもどす方法は、たったひとつ！)

そう。それは――。

◇

(働いて、働いて、働いて、働きまくるのよっ！)

その日の藍花は猛烈に働いた。

彼女は半年ほど前から、邑の中心部にある、金乾隆《きんけんりゅう》という男の屋敷で子守りとして働いている。

乾隆は指折りの絹織物の商人だった。藍花はもともと、彼の営む絹織物の工房で下働きをしていたのだが、屋敷で働いていた子守りの女性が急病でやめてしまったとかで、大勢の子どもたちと暮らし、扱いが得意そうな彼女に白羽の矢がたったのだ。

子守りは拘束時間は長いが、工房の下働きよりも、はるかにたっぷりの給金をはずんでくれる。しかも金持ちの子息子女ならおとなしいから、相手するのも楽勝と、藍花は他《ほか》に兼ねていた仕事も全部やめて引き受けた——が、これが誤算だった。

——おなかすいたよ、藍花。餡《あん》入りの包子《パオツ》が食べたい。今すぐ！

「はい、ただ今！」

——爸爸《ぱーぱ》のだいじな壺《つぼ》、割っちゃった。藍花が代わりに謝っといて。

「はい、承知しました！」

——鞠《まり》とってきてよ、藍花。あの一番高い木のてっぺんに引っかかってるの。

「……も、もちろん、私におまかせあれ」

――藍花、ままごとしよ。もちろん、あんたは飼い犬の役ね。

「貧乏人なめんな……って、いえいえ、わんわんっ！」

乾隆の四人のクソがき…いや、子息子女たちは恐るべき怪物だったのだ。藍花はクビにされないためにも、必死に笑顔を作って、彼らのわがままをきいてやる。ただもうひたすらお金のために。

だが、その努力も虚しく――夕刻、屋敷に帰ってきた乾隆から、藍花は思いもかけないことを言いわたされた。

「おまえ、明日《あす》からこなくていいぞ」

「は？」

「クビだ、クビだ。ほれ、帰れ」

でっぷりと太った乾隆は、長椅子《ながいす》に横柄に座り、似合いもしない紫の衣のそでをひらひらとさせて、藍花を邪険に追い払おうとする。

藍花はにわかには信じられず、ぐいと乾隆につめよめった。

「ど、どういうことですかっ!?」

「代わりの者が見つかったんだ」

「代わりって、私が代わりじゃ……」

その時、きつい香の匂いが鼻をつき、さらりと衣《きぬ》ずれの音をさせて、赤い露出過多な衣をまとった派手な若い女が部屋に入ってきた。

「ご主人さま～。話はついたぁ？」

「おうおう、ついたとも、ついたとも」

女を見るや、藍花にはつっけんどんだった乾隆が、相好をくずした。女が横に腰かけ、甘えるようにしなだれかかると、彼の鼻の下がだらしなく伸び、もはや藍花など眼中にないかのように、女と向き合っていちゃつきはじめた。

（……なるほどね。そういうこと）

この女が新しい子守りなのだ。乾隆の夫人は我が子の情操に悪いからと（そのわりに子どもらはああだが…）、妾《めかけ》を置くのをよしとしない。だが、「妾」という立場でないのなら、容認していた。そのせいか、この屋敷は妙に色っぽい小間使いをちらほら見かける。

（……ふっ。ただで引き下がるとでも？）

藍花はすうっと息を吸い込んだ。朝からためこんでいたうっぷんを今ここで噴出する。

彼女は乾隆と女のあいだに強引に尻を割りこませて座ると、乾隆の耳そばで大声でがなりたてた。

「今日のぶんの日当は、きっちり払っていただきますからねっ!!」

藍花は日当だけはがっちりせしめ、乾隆の屋敷をあとにした。

（もうっ。みんな勝手なんだからっ）

解雇の事情が事情だから、少々多めにもらえたが、明日からの収入源がないのでは、よろこべやしない。せめてもとの工房に戻りたいと訴えたが、あちらは藍花が抜けた時点で新たに雇い入れたらしく、けんもほろろに断られた。

◇

茜《あかね》と藍《あい》がせめぎあう夕暮れ——桑畑を突き抜けるように通る一本道を歩いていると、向こうから、今日の仕事を終えた牛が人夫に連れられやってきた。すれちがう時、モ～…とこぼした鳴き声は心なしか力なく、「疲れたよ」と言いたげだった。

「でも、いいじゃない。あんたはお金の心配しなくていいんだから」

藍花はうっかり牛に憎まれ口をたたいてしまう。人夫に怪訝《けげん》な顔をされ、恥ずかしさで目をそらすと、今度は、よちよち歩きの子の手を引く婦人の姿が遠くに見えた。もしやと思ったが、近づくにつれ、やはり彼女は、母・梅鈴だった。

母さんっ、と呼びかけると、母が立ち止まって手を振ったので、駆けよった。母がわざわざ迎えにくるなど珍しく、胸さわぎしかしない。

「どうしたのよ」

「あのね……」

母がそう言いだしたため、また金を使ったのかとぎくりとなったが、

「どうじょ、あいふぁたん……」

と、あどけない声をあげたのは、母といるよちよち歩きの少女のほうだった。

えっ、と藍花が見下ろすと、少女は片手に提げた小さな葦《あし》の編み籠《かご》を差しだした。中には、ふっくらと丸く焼き上がった小麦の焼餅《シャオピン》がひとつだけ入っていた。

「これは?」

「ふふっ。牛さんのおみやげよ」

と、梅鈴が言ったので、藍花は先ほどすれ違った牛のことかと、妙な顔でふり返ったが、朝の熊男のことだと気づく。

「おみやげって?」

「牛さん、家に帰ったのよ」

なんでも、あの熊男は昼前にふっと姿をくらましてしまったらしい。

しかし、彼は昼すぎにふたたび姿を見せたという。今度は夫人といっしょだった。

熊男は竹細工の職人だった。夫人はかなりしっかりした人で、つけを立て替えてもらったお礼に訪れたのだ。だがお金を返そうにも、夫妻も生活がかなり厳しいらしく、代わりに夫人がありったけの焼餅を作って、届けてくれたのだとか。

「さみしいわね。牛さんがいなくなって」

「なに言ってるの。半日もいなかったんでしょう？　こっちはせいせいよ」

藍花は心底から言った。というか、藍花の中では、彼は牛ではなく、ぜったいに熊だ。

「それよりも、焼餅ならわざわざここまで持ってこなくても……」

「だって藍花ちゃん、家だと、みんなに遠慮して食べないでしょ」

「そ、そんなことないって」

とぼけた性格のくせに、母はときたま相手を見すかしたようなことを言う。藍花はなぜだかきまりが悪くなり、そそくさと焼餅をとって食べようとした。すると少女が欲しそうに、じっと見てくる。彼女の口もとには、すでに食べたであろう焼餅のカスがついていた。

少女は初初《ちゅちゅ》と呼ばれていた。一年前まで母親とふたり暮らしだったのを、母親がこともあろうか、妻のある男と駆け落ちしてしまったのだ。置き去りにされた初初はやせ衰え、病にもかかっていた。近所の者たちが引きとるのに難色を示す中、たまたま付近を通りがかった梅鈴が連れ帰って看病したのである。そして今もいっしょに暮らしている。

藍花は「しかたないなぁ…」と苦笑し、焼餅を半分に割って初初にやった。かぶりつくと、中に餡がつまっていると思いきや、歯ごたえはなく空だった。

（……熊夫人、ケチったわね）

しかし、朝からからっぽだったおなかに食べものが入ったおかげで、藍花もちょっとだが気持ちが落ちついた。今日のことをぽつりと打ち明ける。

「……あのさ、母さん。明日からたいへんかも」

「え？」

「その……仕事、なくなっちゃったから」

すると、梅鈴は藍花が拍子抜けするほどに、あっけらかんとほほえんだ。

「そう。でも、なんとかなるわよ」

「あのねえ、お気楽に言わないで。お金がないのよ。お金がっ」

「じゃあ、私も働こうか？」

「そ、それはダメ！」

藍花はぶるぶると首を横に振り、母を止めた。

こんな時、脳裏に響くのは、亡き祖父・李都秀《りとしゅう》の口ぐせだ。


――梅鈴に仕事をさせるな！　金が逃げる！

祖父はよくそう言って、娘・梅鈴のことを嘆いていた。その頃《ころ》の藍花はこの豊蘭で祖父と母との三人暮らしだった。祖父が細々ながらも織物を売って、つつましく生活していたのだが、梅鈴にうっかり商いを手伝わせようものなら、金のない客にただ同然で品を譲ってしまうため、まったく商売にならなかったのである。

さらにひどいのは、今度は祖父が知人を頼って、彼女に商家の小間使いをさせてみた時のことだ。なんと梅鈴は主人が買い物のためにわたしたお金を、道すがら、物乞《ものご》いにやってしまったのだ。都秀は弁償のため、その時住んでいた家を売りわたす羽目となり、これが原因で、藍花一家は今のボロ屋に移り住むことになった。

とくに祖父が涙ながらにくり返し話していた物語がある。

それはもっと昔。藍花が生まれる以前のことだ。実は祖父は都の桃源でも有数の織物商だった。客が迷うほどの広大な邸宅に暮らし、顔が覚えられないくらいの大勢の使用人を雇い、お金はまるで枯れぬ泉のごとく、使っても使っても入ってくる。当然、梅鈴もそこでなに不自由なく育った箱入り娘だった。

その梅鈴が十五になった時、都秀は彼女を、とある人物に侍女として預けることになる。相手はこの国の宰相・高宗仁《こうそうじん》だった。宗仁は大商家だった祖父の一番のお得意様でもあったし、嫁入り前の行儀見習いのつもりで娘を預けたのだろう。

ところが、半年後、こともあろうか梅鈴は宗仁の子をみごもってしまう。

ことを荒立てたくなかった祖父は娘の懐妊を隠そうとしたが、嫉妬《しっと》深い高夫人の知るところとなり、夫人は都秀に対し、屋敷への出入りを禁じてしまった。それどころか祖父の得意先だった貴族全員に、彼と取り引きするなと圧力までかけたのである。

祖父の商いはたちまち傾いた。やがて都にも住めなくなり、泣く泣く地方へと落ちた。

そして、豊蘭についた時、梅鈴は女の子を産んだ。それが藍花だ。

娘の失態で、都での富を失い、その後もさんざんだった祖父。最後の住み家となった今のボロ屋で、「梅鈴《あの子》を天真爛漫《てんしんらんまん》に育てすぎた……」となんども愚痴っていた。

八年前、流行病にかかった彼が、孫の藍花の手をしっかとにぎり、息を引き取る直前にもらした言葉は――。

――娘の世話を…頼む……！

藍花九歳の春のこと。子ども心にも、「私の世話はだれがするの？」と祖父の不条理な遺言につっこみたくなったが、藍花はみずからが家計を支える決意をした。いいや、決意せざるをえなかった。

幸い豊蘭は養蚕《ようさん》が盛んで、質の良い絹織物ができるため、邑が潤っていた。子どもの労働にも、安給金だが払ってくれる余裕のある雇い主はけっこういたため、極貧ながらも母子ふたりならどうにかしのげた。藍花が長じて、工房の下働き、畑の手伝い、小間使い、牛馬の世話、宿屋の給仕、果ては妓楼《ぎろう》の受付まで――複数の仕事をこなしだすと、収入は多少上がったものの、入れば、母の善行へと流れていく。ここ数年は同居人まで増えていくものだから、いつまでたっても貧乏暮らしから脱出できない。

「か、母さんは働かなくていいのよ。ほら、これで初初たちの面倒を見てて」

藍花はあわてて懐から今日の給金を出し、母の手ににぎらせた。

彼女は稼いだ賃金のほとんどをこうしていつも母に託している。本音を言えば、自分で管理したかったのだが、祖父から母のことを頼まれた以上、かつて贅沢三昧《ぜいたくざんまい》だった母に、まったくお金のない生活を強いるのは酷だと思ったからだ。

しかし、梅鈴は受けとった銅貨を藍花に返してしまう。

「母さん?」

「いらないわ」

「え?」

「私が欲しいわけじゃないから」

そう言って、にこりとほほえむ母が妙に美しく見えた。くたびれた着物を着ているのに、黄昏《たそがれ》の景色になじむ姿は、女仙のように麗しく清らかに見える。けれど、藍花は自分のさもしさを見すかされたようで、なんだか癪《しゃく》だ。

「……母さんが持っていてよ。お金はあったほうがいいって」

「そう?　ある時も、ない時も、私の幸せは同じくらいよ」

もうっと藍花は背を向けた。彼女が生まれた時、すでに家《うち》は没落していた。裕福を一度も経験していない自分が、ある時だの、ない時だの言われても、それを理解できるはずないではないか。

藍花はなけなしの銅貨をにぎりしめた。あとほんの少しお金があれば。いや、せめて人並みに。いやいや、あればあるほど。そうすれば、初初たちにものを買ってあげることができる。からっぽの焼餅でさえ、なくなるのを惜しむようにちびちびと食べる初初を見て、なんとかしたい気持ちがよけいに強くなった。

（お金、あったらなぁ……）

都のある西のほうをぼうっと見た。

実は母にはないしょにしているが、藍花は何年も前から、父だという高宗仁と連絡をとろうとしている。

梅鈴を疎ましく思ったのはあくまでも夫人のほうだ。だから宗仁自身はこちらの窮状を知ったら、なにかしてくれるかもしれない。そう期待してのことだった。

娘として認知してもらうなど、大それたことは望まない。少しの援助が欲しかった。

紙は高価なので、竹を薄く削《けず》った自作の竹簡に、こちらの現状を（多少脚色を加えつつ）したため、都に向かう行商人に「宗仁の屋敷に届けてくれ」と、頻繁に託している。

だが、なしのつぶてだった。祖父の話では、宗仁は夫人とのあいだにすでに何人か娘がいるというので、今さら気まぐれで手をつけた女に産ませた娘など興味もないのだろう。

もう送るのはやめようかなと、そろそろ諦《あきら》めかけている。

これ以上悪くならなければ、この生活もまずますだ。藍花は自分にそう言い聞かせた。母に感じたわだかまりを押し込め、いつもの明るい顔でふり返る。

「帰ろう、母さん」

道ばたに蓬《よもぎ》を見つけ、「もう春だね」と摘みつつ、三人で家路へと向かう。

ボロ屋につく頃には、すっかりあたりが暗くなっていたのだが、なぜか同居人たちは家の前で所在なさげに立っていた。

「どうしたの？」

藍花が訊《き》くと、彼らはいっせいに困惑した視線を家の中に向ける。

またやっかいな人間が転がりこんできたのかと、藍花は戸口からようすをうかがおうとしたが、中から出てきた男と鉢合わせになり、わっとしりぞいた。

男は——年は三〇ぐらいか。髪を後ろで結いあげ、青い細身の衣のえり元をきっちり詰めた、豊蘭ではあまり見かけない着こなしだ。藍花と目があっても、にこりともしない。

「お嬢さままでいらっしゃいますか」

「は？」

男から呼ばれたこともない呼びかたをされ、藍花は思いきり首をかしげた。

「わたくしは高家に仕える安仲明《あんちゅうめい》と申します。お嬢さまからの手紙を読み、旦那《だんな》さまがぜひともお会いしたいと、わたくしをお遣わしになったしだいにございます」

高家——ということは、高宗仁！

（……来たっ！）

——それが、すべてのはじまりだった。

『……実はお嬢さまには〈男仙《だんせん》〉になって桃宮《ももみや》に潜入していただきたいのです。桃宮は桃仙公《とうせんこう》主《しゅ》以外の女性の立ち入りは禁じられていますからね。男装でお願いしたいのです。そして、どうか孤独で寂しい公主殿下の話相手になってさしあげてください。さすれば、旦那《だんな》さまもおよろこびになることでしょう。ゆくゆくはお嬢さまを本当の娘として……』

使いの男が最後に言ったことだ。今や男が宗仁《そうじん》の使者なのかも疑わしかったが、彼は藍花《あいふぁ》が宗仁に出した文の内容を知っていたし、藍花が留守のあいだの生活費だと、母にけっこうな額の銭もくれた。領主の屋敷に立ちよったことも考えれば、たとえ宗仁でなくても、財力と権威のある者が背後にいることはまちがいないだろう。

母は藍花が父に会うと決めた時、賛成も反対もしなかった。ただ「藍花ちゃんの好きなようにしなさい」と言って、送りだしてくれたが――。

(……いったい、どうなってるのよ)

藍花は窓辺にたたずみながら、不安な気分で外をながめる。丸い透かし窓から見えるのは、満開の桃花によって紅の濃淡に彩られた、異境のような美しい庭園の光景だった。彼女はすでに桃宮に来ていた。桃宮は桃仙公主が私生活を送る場所、いわば寝宮だ。昨夕、桃宮に到着した藍花は、別室で長々と待たされた末、深夜になって、ようやく部屋に案内された。豊蘭《ほうらん》のボロ屋とは雲泥の差の贅沢《ぜいたく》な個室だったが、桃仙公主からのお呼びもなければ、宗仁もいっこうに姿を見せないので、藍花はいまひとつ浮かれることができない。女の身で不正に潜入している以上、だれかにバレてしまわぬかと、ずっと部屋に閉じこもったまま、もう半日が経《た》とうとしていた。

と、その時だ。突然、高らかな号令がどこからともなく聞こえてくる。

——剛健《カンチエン》！　剛健《カンチエン》！　男仙の皆さま、剛健《カンチエン》の時間が来たアルよ〜っ！

藍花はびくんっとなった

（……え？　なんなの？　なにがはじまるの？）

声は部屋の前の歩廊あたりからした。藍花が扉を開け、そろりと外をのぞくと、赤い円柱が並ぶ歩廊を、侍童《じどう》とおぼしき、ふたつ分けのお団子頭に白衣の少年が「剛健《カンチエン》アルよっ」と連呼しながら駆けぬけていく。

すると歩廊沿いの各々の部屋からいっせいに青年たちが出てきた。彼らはけだるそうな足どりで建物の外に向かう。藍花が棒立ちでいると、「おまえもだぞ」とうながされ、彼女もしかたなしについていく。

青年たちは庭園の広々とした草地に出ると、あちこちにちらばりだした。そして——草場の蝶《ちょう》と戯れる者、曲水に己の顔を映してうっとりする者、木の下にもうけられた床几《しょうぎ》に座り二胡《にこ》を奏でる者——皆、思い思いに過ごしはじめる。

（……こ、これが男仙なのね）

本物の男仙たちを目の当たりにし、藍花は庭園の片隅で圧倒されていた。

彼らこそ桃仙公主がはべらす美形種婿集団だった。彼女に世継ぎをさずけるため、よりすぐりの美青年たちが、貴族および地方領主の選定で献上されるのだ。その数およそ百名。桃仙公主は夜な夜な彼らと睦《むつ》みあい、そして最初に生まれた女子が次の桃仙公主となるとか。

（……もったいない。この人たち養うのに、どれだけお銭《ぜぜ》がかかってるんだろう）

そんな身も蓋《ふた》もないことを藍花がもやもやと考えていると、ふいにかたわらの木立から小動物らしきものが飛んできて、藍花の肩の上にちょこんと乗っかった。

（……あら、かわいい）

白い小猿だった。しかし、なでてやろうとすると、藍花の頬《ほお》をひっかき、近くの植えこみに飛びこんでいく。しばらくすると小猿はふたたび顔を見せ、藍花をからかうようにぺんぺんと尻《しり》を叩《たた》いた。捕まえようと手を伸ばすと、するりとすり抜け、あっかんべえで逃げていくではないか。

「こらっ」

と、藍花は小猿を追いかけた。草地を横切っていく小猿と藍花を、男仙たちがなんだなんだとふり返る。やがて桃花の小径に入り、そこを抜け、小島が浮かぶ池に出ると、小猿が池畔《ちはん》の東屋《あずまや》に逃げこむのが見えた。

「待ちなさいっ」

藍花も威勢よく駆けこんだが、猿はいない。かわりに深紅の衣《ふく》を着た男がひとり、こちらに背を向け立っていた。

「あの、ここに猿が……」

藍花が近づいていくと、男がいきなりくるりとふり返った。藍花と同い年か、少し年上くらいの青年だった。

「やあ、やっと会えたね。愛《いと》しの公主殿下」

「は？」

いきなり愛しのなどと言われ、藍花は面食らう。

「病気というのやっぱり嘘《うそ》だったんだね。もうだいじょうぶ。オレの愛の力で、あなたを縛りつける黒い魔物から救いだし……あれ？」

薄っぺらい愛を大仰に語っていた青年だったが、しかし相手が見当ちがいだと気づくや、たちまちがっかりした顔をした。

「ちぇっ。ガキかよ。おっかしいな。女の気配探してこいって命じたのに、なんで……」

ひとりでぶつぶつ言う男を藍花はうさんくさそうに見る。あの猿が化けたんじゃないかと思った。ぴんぴんと無雑作にはねた男の髪色は、あの猿そっくりだったのだ。

とはいえ、似ているのは髪色だけだった。彼自身は闊達《かったつ》そうな明るい顔立ちの美青年だ。異国の血統を思わせる褐色がかった肌色に、くっきりした二重まぶた。瞳《ひとみ》は薄い緑である。短い上衣《うわぎ》に、細めの袴《はかま》をはき、ひざから下を編み上げ靴の中に入れこんで、いかにも彼らしい活動的ないでたちだった。

「おまえ、見かけない顔だな。ちっこいけど、新米の侍童か。それとも、男仙か？」

「男仙、ですけど」

藍花が答えると、青年はひとなつっこい笑みを浮かべる。

「へえ、お仲間か。オレは飛猿《ひえん》。胡州《こしゅう》の梨芳《りほう》って、ここより西にある邑《まち》の出さ。おまえは？」

「えっと、私は……」

「つか、なんか、おまえ、おんなみたいなしゃべりかたするんだな」

指摘され、あわわと挙動不審に慌てる藍花を見て、飛猿はからからと笑う。

「ま、心配すんな。おまえだけじゃねえよ。そっちのけがあるのに、顔がいいせいで、男仙に選ばれたやつ。身体検査で体中探られて、いや～んってもだえてやがんの」

「身体検査……」

「やられたろ？　この宮に入る前にさ。体の隅から隅まで、うんざりするほど」

「あ？　そうそう。そうだっけ」

藍花は話を合わせておく。実のところ身体検査など受けていなかった。おそらく自分をここに呼んだ者の工作だろう。検査されれば、女と知れ、追いかえされてしまうのだから。

せっかくなので、藍花は飛猿に色々訊《き》いておくことにした。

「あのぅ。ちなみに今、なんの時間なんでしょう？」

「は？」

「だって、みんな、『剛健《カンチエン》』って号令で、外に出たから」

すると、飛猿が急にふふんと鼻を鳴らし、先輩面をしだした。こほんともったいをつけた咳《せき》払《ばら》いをする。

「ふっ、いい質問だな、新人。オレに教えを請うとは、なかなか見どころがある」

「はあ…（……訊く相手まちがえたかも）」

「あれは男仙心得三カ条ってやつだ。よおく覚えておけ」

「男仙心得三カ条？　なんですか、それ」

「今言ってやる。直立不動で聞きやがれっ。男仙心得三カ条っ。ひとぉぉっつ——」

飛猿が身ぶりも大げさに、ひとさし指を立てて唱えようとした、その時、

「――『剛健《カンチェン》』『美貌《メイマオ》』『妖媚《ヤオメイ》』。これが男仙心得三カ条です」

先にだれかがしれっと言ってしまう。

飛猿が宿敵を見るような目つきで、東屋の入り口をふり返った。

「冬星《とうせい》、てめっ！」

そこには青年が立っていた。冬星というらしい。飛猿とは対照的に色白で、まなざしの涼しげな美青年だった。青みがかった髪は肩より長く、文官のような紺の長衣《ながぎぬ》を着ている。年は飛猿の態度からして、彼と同じか、年下なのかもしれないが、理知的な雰囲気をまとっているせいで表情が大人《おとな》びていた。

冬星は東屋にすたすたと入ってきて、愛想のない顔で藍花のほうを見やる。

「新人さん、ご心配なく。あなたはすでに『剛健《カンチェン》』を実行していますよ」

「え？」

「男仙心得三カ条その一『剛健《カンチェン》』――『男仙はたくましく健やかであれ』ということです。そのため、我ら男仙はじゅうぶんな栄養を補給することはもちろん、日に一度、外気に当たり、陽射《ひざ》しを浴びることが義務づけられているのです」

（……なるほどねえ。それで、それでみんな外に出たんだ」

といっても、あの怠惰な過ごしかたでは剛健《カンチェン》からほど遠いと思うが……。

「この際ですから、残りふたつも教えてさしあげましょう。――三カ条ふたつめ『美貌《メイマオ》』。言うまでもありませんね。『男仙は美しくあれ』です。これは見た目の美しさだけではありません。中身もしかり。馬鹿《ばか》で性悪では男仙失格です。飛猿、君は守れていますか」

「あー、はいはい。賢いですねー。冬星クンは」

そんな飛猿の皮肉も冬星はさらりと受け流し、

「最後は『妖媚《ヤオメイ》』――つまり『男仙は官能的であれ』です」

「はあっ？」

すっとんきょうな声をあげたのは藍花だった。

「おや、驚くことではないでしょう。この三つめこそ男仙の本分。公主さまの夜の生活を充実させ、さらには子をさずける。我らはそのために集められたのですから」

そう言うと、冬星はおもむろに座席に腰かけ、持っていた書を読みはじめる。

書の題は――『愛伝道師語録・恋語《れんご》』

なんだそれ、と飛猿が奇妙なものでも見るような目つきでのぞき込んだ。

「桃宮の書庫で埃《ほこり》をかぶっていたのを、官能的感性を会得するのによいかと、拝借してまいりました。名もなき愛の思想家の名言の数々を弟子が書きとめたものです『子曰《しいわ》ク。閨房術《けいぼうじゅつ》ヲ極メルハ、技巧ニアラズ。コレ、愛ナリ』だそうです。やはり書物はいい。すべての世界の扉を僕に開けてくれる。愛の世界もしかり」

「おまえはあほかっ。愛は書物じゃねえ。現場だ現場だ。現場で会得《えとく》しろっての」

「現場？　ここは男子の園ですよ。まさか君相手に模擬実践しろとでも？」

「き、気色悪いこと言うなっ。相手といえば、当然、公主さまだろうがっ」

「公主さまはご病気中なのをお忘れですか。実践など、なおのこと……」

それを聞いた藍花が、思わず大声をあげる。

「えーっ⁉　公主さまってご病気⁉」

声が思いきり女だったので、飛猿と冬星が怪訝《けげん》そうに彼女を見た。

「え？　あ…けほけほっ。あのぅ、そのぅ…ご病気なの…かなって」

「ええ。公主さまはご病床にあるのです。もう長いこと」

冬星はそう言うと、詳しく教えてくれる。

「あのお方のご即位は十の時。後見人は高宗仁宰相でした。前《さき》の公主さまの在位途中で宰相にならられた高さまからすれば、はじめてみずから後見される桃仙公主ということで、それはもう権力と財力にものに言わせた派手な即位式まで行ったのですがね。残念なことに公主さまはすぐに体調を崩されまして……」

即位してまだ半年も経っていなかった。以後、彼女は私殿である桃仙殿に引きこもり、公どころか、近臣にまで姿を見せなくなった。唯一会えるのは、後見人である高宗仁だけ。ついには桃仙公主としての権限までも宗仁に委譲してしまった。さらには――。

「二年前、不幸なことに桃宮に流行病が持ちこまれたのです。宰相殿は宮内の感染拡大を防ぐため、当時の男仙を一掃しましたが、病は公主さまをも襲った。幸い命はとりとめたものの、今もずっと床に伏せったままです」

現在桃宮にいる男仙は、流行病のあとに新たに献上された者ばかりだ。古参でも二年。桃仙公主に拝謁した者はいないに等しいのが現状らしい。

男仙たちが無気力な感じがしたのは、そのせいかと藍花は納得した。仕えるべき相手が病では、役目も果たせずやる気も失《う》せるだろう。もしや女の自分が呼ばれたのは、病弱な桃仙公主を力づけるためなのか——などと思っていると、飛猿が懐疑的にぼそりとつぶやいた。

「さて、公主さまのことは本当だかどうだか怪しいもんだな」

「え？　ご病気じゃないってことですか？」

「寝床から出る気がないんじゃないかってことだぜ。〈仙王《せんおう》〉に籠絡《ろうらく》されてな」

「仙王？」

「公主さまの一の寵愛《ちょうあい》を受けた男仙をそう呼ぶんだよ。待遇も他《ほか》の奴《やつ》らと全然ちがう。そいつが公主さまを虜《とりこ》にし、昼も夜も床に縛り付けてるって話だ。宰相が奴を追いだそうにも、そんなことをすれば、公主さまは命を絶つと言ってきかないらしいし…」

そもそもそんな醜聞がささやかれるのは、男仙の中にすごい閨房術の達人がいるとの噂《うわさ》がまことしやかに流れているせいらしい。おそらくそれが仙王ではということだった。

「なんでも、仙王の閨房術の快感にたびたび昇天した公主さまの、魂が体から抜け出て、生霊がたまに桃宮の庭園をさまよってるってよ」

「飛猿、根も葉もない話はおやめなさい。公主さまのいらっしゃる桃仙殿を医師が頻繁に出入りしているのは、皆も周知のこと。やはり公主さまはご病気かと」

冬星が下劣な醜聞を毛嫌いするかのように否定するが、

「でも目撃した男仙がいるんだよ。夜中の露天浴場や桃花の小径でな。尾行した男仙は気を失ってしまって、正体はわからずだ。オレもたまに見はってるけど、まだお目にかかったことは……おっと」

饒舌《じょうぜつ》だった飛猿が突如口をつぐみ、東屋の外を見すえて藍花にささやいた。

「……おいでなすった。ほれ、あいつが噂の閨房術の達人だ」

藍花は飛猿の視線をたどった。桃花がほころぶ池畔をゆっくりと散策する男がいる。

男の髪――漆黒とはああいうのを言うのだろう。陽《ひ》を受けても、まじりけのない黒々とした色をたもち、ぬれたような輝きを放っていた。遠目にも美しいとわかる凛《りん》とした容貌《ようぼう》で、その美貌《びぼう》をひきたてる落ちついた色合いの綾《あや》の長衣を帯もせずにはおっていた。

「……あの人が閨房王」

「いや、仙王だし。本人の前でそれ言ったらしばかれるぞ」

藍花は本能的にこっちへ来ないでと思ったが、反して、仙王は東屋にやってくる。

一気に東屋の空気が張りつめ、冷ややかに藍花たちを見た仙王は、不遜《ふそん》に一言放った。

「どけ。おまえたちとは同席したくない」

「ちょ、ちょっと、なに、その言いか……」

藍花がつっかかろうとしたが、飛猿がすぐさまその口を手でふさぎ、耳元でさとした。

（……あほっ。新人がいきなりそれじゃあ、にらまれちまうぞ）

冬星もよけいな対立は避けたいのか、すっと静かに席を譲る。

仙王が座ると、三人は敬遠するように足早に去ろうとしたが、ふいに藍花だけにぐいっと逆方向の力がかかった。仙王に右腕を引かれたのだ。

（……なっ!?）

突然のことで抵抗する間もなく、よろめいた藍花は仙王に抱きよせられていた。

頬に彼の甘い吐息がかかり、ちろりと舌で舐《な》められる感触がしたので、ぎゃっと藍花は思わずあられもない悲鳴をあげ、突き飛ばすように仙王から離れる。

「な、な、な、なにするのっ！」

男装なのも忘れ、甲高い声になると、仙王は彼女の右頬を指さし、

「血がにじんでいた。きれいな肌がだいなしだ」

あ…と藍花は頬に手をやった。あの猿にひっかかれた箇所だった。

「……ふうん」

（……え？）

仙王がまるで品定めするような目つきで藍花をじっと見つめ返してきたのだ。——髪、顔、胸、腰、足もと——ゆっくりと視線が上下し、藍花はどこか透かされて見られているような心地までしてきた。

（……やだっ）

たちまち頬が燃えるように熱くなる。きっと仙王にもわかるほどに。それが嫌で藍花はくるりと仙王に背を向け、駆けだした。

あっけにとられる飛猿と冬星を押しのけ、藍花はひとりで東屋を走り去った。

◇

その日の夜。侍童が「就寝《チウチン》！　就寝《チウチン》！　就寝《チウチン》アルよ～っ」と連呼しながら、男仙殿の歩廊を駆けぬけていくと、男仙たちの部屋の明かりがぽつぽつと消えていく。

さらに夜が更けたころ——。

……ぽちゃん。

男仙殿の東にある男仙専用浴場で水音がし、人目をはばかりながら露天湯に入る藍花の姿があった。通常、浴場の使用は亥刻《いのこく》までと定められていて、今は子刻《ねのこく》。すでに施設は閉じられていたが、庭園から回れば、露天湯には侵入できた。あの仙王のせいで嫌な汗をびっしょりかき、湯浴みせずにはいられなかったのだ。

(なんなのよー、あの閨房王ってのはっ!)

こっちが反抗的だったから、嫌がらせだろうか。

(……まさか、あれで女ってバレた?)

一抹の不安を感じないでもなかったが、とにかく彼に触れられたところ、なにもかも流して、体も心もきれいさっぱりしたかった。とくに舐められた右頬の感触が消えず、どぶんと鼻のところまでつかって念入りに消毒する。

(……だれも来ていないわよね)

時折、闇《やみ》を見まわし警戒した。浴場の周囲は岩場で、その向こうは桃花がみごとに咲いている。こんな犯罪みたいな潜入でなければ、心から堪能できる光景だったろうに、腹立たしくてしかたがない。

後悔もまた押しよせた。日当もらって辞退させてもらおうかなとも思う。桃仙公主が本当に病だったらと思うと、ちくりと胸が痛んだが、お金いっぱい持ってるんだから、話相手なんていくらでも雇えるじゃないと自分に言いわけした。

そんなことを考えているうちに、うっかり長湯してしまったようだ。そろりと湯から立ちあがった藍花の耳に、ちゃぷんと背後から不審な水音がして、ぎょっと立ちすくんだ。

(え？　だ、だれかいる……？)

それにしては水音が小さかったような。だとしたら――昼間の飛猿の話がよぎった。桃仙公主の生霊がなんたらかんたら――たしか浴場でも目撃されたのだ。恐る恐るふり返った藍花の目に映ったのは――、

……うきっ。

うっとりと湯につかる例の白猿の姿だったので、藍花はほっとする。

(なぁんだ、お猿さんか………って、いや、マズイわよっ)

この猿がいるということは、近くに飛猿がいるかもしれないのだ。と、思っていたら、案の定岩場の向こうより飛猿の声が聞こえてきた。

「……おーい、ヤン、どこ行った」

小猿はヤンというらしい。藍花はあわてて衣を着ようとするが、飛猿のヤンを探す声はどんどん近づいてくる。しかたなしに、下衣《したぎ》をまとっただけで逃げようとしたが、岩場で彼とばったりはち合わせしてしまった。すぐさま回れ右したものの、その場で凍りついてしまう。もう頭がまっ白だった。

「お、お先に失礼っ」

さりげなさをよそおって立ち去ろうとしたが、飛猿にがちりと腕をつかまれた。彼は薄い下衣から透けて見える女体をいぶかしげに見つめ、

「まさか……女？」

（……ああ、終わりだわっ！）

藍花は絶望感に襲われた。女の身で禁を犯し桃宮に入ったのだ。追放だろうか。投獄だろうか。はたまた極刑だろうか。だが、しかし――。

「この触れ心地。生霊じゃない。公主殿下、本物か。病気じゃないのか。まさか仙王から逃げてきたのか」

（……もしかして、桃仙公主とかんちがいしてる？）

もうもうとたつ湯煙で飛猿には相手の顔がよく見えていなかった。ただ、女体ということだけで、とっさに桃仙公主と思ってしまったらしい。

渡りに船だ。藍花はこのまま桃仙公主になりきってやりすごそうとしたが、相手が飛猿というのがまずかった。

「安心しろ。公主殿下を縛りつける者はここにはいない。いや、これからはオレが殿下を縛りつけるかもしれないな。愛という狂おしい腕《かいな》で」

そう。この男の愛は現場主義。飛猿はくさい愛を語るや、最後は「我愛你《ウォーアイニー》」の決め台詞《ぜりふ》で、藍花を背後から抱きしめ、しかもその手がしっかり胸に触れたので、藍花の混乱は最大限まで振り切れた。

「いやぁぁぁぁぁぁぁぁっ!!」

闇をつんざく悲鳴とともに、藍花はめちゃくちゃに暴れて、飛猿の腕をふりほどき、とにかく逃げた。

走る藍花の耳に、夜風に乗って男たちの声が聞こえてくる。

――女の悲鳴がしたぞっ。

(いやだっ、いやだっ、いやだっ!)

このまま捕まってしまうのだろうか。こんな下衣だけのぶざまな格好で、皆にさらし者のようにされてしまうのだろうか。情けなさと怖さで藍花はじわりと涙が出てきた。

どうしてこんな目に遭わされるのだろう。もしや欲をかいた罰か。ならば、自分や母を十年以上もほったからしにしたあげく、娘に犯罪まがいのことさせている高宗仁に与えるべきなのに。いくらなんでも天は不公平すぎる。

もういい。天などあてにするものか。こうなったら――。

(……自分の力で豊蘭まで逃げてやるっ)

自力で帰り、稼いで稼いで、天も宗仁も見かえしてみせる。そう腹をくくり、走る足に力をこめる。

しかし、すぐさま藍花は立ち止まった。巡回する禁兵の気配を近くで感じたのだ。三、四人はいる。明らかにだれかを探しているようだった。

その時だ。藍花の背後から何者かが忍びより、彼女にふわりと己の上衣をきせかけた。

「……来いっ」

彼はすぐさま彼女の腕をひいて、禁兵たちの警護をかいくぐるように走りだす。

月明かりが白衣の男を照らしだした。その髪は闇より黒くつややかで――、

「あ、あなた、閨房王っ、じゃなくて仙……」

「はーん、やっぱり、おまえが例の娘だったか」

「例のって？　きゃっ、痛《いた》っ」

桃の枝がぴしりと顔にあたっていた。仙王が人も通らぬような茂みを通りぬけようとしたからだった。まどろっこしいのか、彼は舌打ちし、藍花を横に抱きあげ走りだす。

「やっ。ちょっとっ」

「助かりたければ、黙ってろ。俺《おれ》がふさいでやってもいいんだぜ」

仙王が顔をぐっと近づけて、ささやいたので、藍花がひるんで口を閉じると、彼はくっくぐもっと声で笑い、走る速度をさらにあげた。

月の下、しだれそうなほどに満開な桃花の小径を、彼は足音もたてず、されど周囲の花を派手に散らしながら駆けぬける。藍花を抱くその姿は、狩りを楽しむ孤高の獣のようだった。

藍花は白い館《やかた》につれられてきた。庭園をいろどる白や薄紅の桃花は、男仙たちが暮らす場所とは一線を画すかのように、まったく異な種のものであった。建物の周囲は白い円柱の並ぶ回廊となっており、なにやら伝説の仙界に登場する祭殿を彷彿《ほうふつ》とさせるところである。

「ここは……？」

「桃仙殿だ」

（じゃあ、公主さまのお館。私を公主さまに会わせるつもりなの？）

仙王は藍花を抱いたまま桃仙殿に入っていった。ここにも巡回兵がいたのだが、彼は器用に監視の目をかいくぐっていく。そのうち兵士は見かけなくなり、かわって薄紅色の着物を着た侍童たちの姿が目につくようになった。侍童らは藍花の存在をなんら不審がることもなく、ただ礼をするだけだ。

複数の部屋を抜け、甘い香の香りがただよう最奥の部屋につく。白い壁にはいくつもの透き窓があり、それぞれ姿の違う妖鳥《ようちょう》の細工がされている。初代桃仙公主が地上の乱を鎮める時に使役したという伝説の鳥だ。

部屋の中央には天蓋《てんがい》から薄絹の帳《とばり》が降りていた。くぐると、すべらかな敷布の広々とした寝床があって、仙王はその端に藍花をそっと下ろした。

「あなた……」

「蓮羽《れんう》だ。まだ名まえを言ってなかったな」

そのもの言いが存外穏やかだったので、藍花は自然と涙が出てきてしまった。自分でもよくわからないが、ずっと張りつめていたものが、ふつりと切れたような感覚だった。

「……泣かなくてもいい」

蓮羽は藍花のまなじりに唇をあてがい、涙を吸いとってやる。昼間とは別人のようなやさしさに、藍花も今はそれを受けいれた。抵抗する気力もなくなっていたのかもしれない。

「どうして、私、こんなことに……」

「……天命」

「え？」

「おまえの……天命」

蓮羽の声はやけに近く、甘い湿りけをおびながら、藍花の耳に流れこんだ。彼の唇が藍花の耳朶《じだ》に触れていたのだ。

「私の…天命？」

「俺の子を産め――それがおまえの天命だ」

その言葉に藍花も我に返る。だが、蓮羽の長い指が巧みに動き、彼女は肩から上衣をするりと脱がされていた。と、同時に押し倒され、

「……っ」

藍花が腕でつっぱねようとしても、覆いかぶさる彼の重みに阻まれた。両脚をもがけば、するりと間に彼の足が割りこんでくる。

「やめて…！」

「なぜ拒む。おまえはそのつもりで……」

そう言って、蓮羽の口づけが迫り、下衣の内にまで手が忍び込もうとするが、藍花は身をゆすって抵抗する。あまりにも藍花が暴れるものだから、蓮羽がふと力をゆるめると、彼女は這うように逃れ、彼の上衣にくるまって、寝台の隅っこで縮こまった。

「返せよ、それは俺のだから」

蓮羽が苦い顔をして、藍花のまとう上衣に手を伸ばした。藍花がかたくなに脱ごうとしないので、「……強情だな」とぼやき、寝台を下りる。窓際の屛風《びょうぶ》にひっかけてあった衣一式をまとめて手に取り、ぞんざいに彼女に投げわたした。

「これ……だれの？」

「いいから着ろよ。そっちのほうがあんたにはずっと似合う」

桃花の色をした、藍花が臆《おく》してしまうほどにみごとな織りの衣だった。蓮羽が心得たようにすっと背中を向け、彼女が着がえるのを待つ仕草をする。

「な、なによ。そんなところは気兼ねするのねっ」

「見てほしいのか。その見ごたえのないちっさい胸を」

「るさいっ」

はじめて手にする衣装に、どう着替えたものかとまどったが、とにかく着がえ、蓮羽の衣を彼の背中に思いきりぶつけてやった。蓮羽は生温かいまなざしでふり返る。

「どういうこと？　あなた、仙王なんでしょう？　どうして……」

桃仙公主の一の寵愛を受けながら、彼女を裏切るようなまねを。藍花が軽蔑《けいべつ》もあらわに蓮羽をにらみすえると、彼はくすくすと嫌な笑いをこぼした。

「なるほど。さてはなにも聞かされてなかったんだな」

「は？」

「俺は当たり前のことをしているだけだぜ。――身代わり公主さま」

「身代わり……ですって？」

「そう、そのためにおまえはここに来た」

「ちょ、ちょっと、どうして……っ」

この男、なにを言いだすのだ。事情を尋ねようとしたその時、突如、部屋の外が騒がしくなった。男たちの荒っぽい怒鳴り声。抵抗するような侍童の叫び。やがてどたどたと大人《おとな》のものらしき重い足音が近づいてきた。藍花は隠れようと、あわてて天蓋の薄絹を閉じようとしたが、閉まる瞬間、蓮羽がすべり込むように入ってきた。

「……どうして、入ってくるのよっ」

「……いいから」

小声で争っていうちに、足音は部屋の前まで来て、ぴたりと止まる。桃宮の禁兵がひざまずくのが、薄絹の向こうに透けて見えた。禁兵が「公主殿下っ」と、張りつめた声音で呼びかけてきたので、蓮羽が代わりに返事をしろと言いたげに、ひじで藍花をつついた。

「……な、なんで私が」

「……公主でなきゃ、女のおまえはここにいるだけでお縄だぞ」

そう脅されては、返事せざるをえない。

「な、なにごとです……」

藍花の声は罪悪感と緊張でうわずっていた。

「もうしわけございません。本来なら、この部屋への我ら禁兵の立ち入りは許されていないのですが、緊急ゆえ、ご無礼ながら参上いたしました。ご報告いたします。先ほど、宰相・高宗仁が公財横領の咎《とが》で捕縛されました！」

――高宗仁が横領で捕縛!?

「え？　ま、待ってよ、いったい……」

禁兵の前に出ていこうとした藍花だったが、蓮羽に肩をつかまれた。禁兵は「追って詳細はご報告いたします」と立ち去っていく。

(……そんな)

藍花は言葉を失った。父が捕まった。ここへ私を呼んだはずの父が。

愕然《がくぜん》となる藍花の耳に、蓮羽が妖《あや》しくささやきかける。

「さて、どうする？　俺のかわいい公主殿下」

三、純潔守れば一攫《いっかく》千金！

「どういうことよっ、身代わりって！」

藍花《あいふぁ》が猛剣幕で問いつめると、蓮羽《れんう》はごろりとあお向けに寝転び、くすくすと笑った。

「そのまんまだよ。おまえは桃仙公主《とうせんこうしゅ》の身代わりなんだ」

「だから、どうして私が身代わりなの？　本物の公主さまはいったい……」

藍花が問いつめるように蓮羽に少しだけ近づくと、彼は女の隙《すき》をつくことには長《た》けているらしい。すばやく藍花の背に腕を回し、自分のほうへ引きつける。

「ちょっとっ」

「大きい声で言えることじゃないんだ。おまえも静かに聞けよ」

藍花の耳もと、彼は吐息混じりのくすぐったい声でささやいた。

「本物の桃仙公主はこの冬に死んでいる」

「なんですって……」

藍花が大声をあげようとすると、蓮羽に耳を甘噛《あまが》みされ、きゃっと声を呑《の》みこんだ。

「静かに聞けって言ったろう」

「でも亡くなったって、いったい、ま、まさか……あなたの閨房術《けいぼうじゅつ》で本当に昇天？」

「いっぺん味わってみるか？」

藍花の背にある蓮羽の手が、下へうごめきかけたので、藍花は身をよじって拒む。

「馬鹿《ばか》。閨房術なんて知るかよ。桃仙公主は病で死んだんだ」

「ほ、ほんとうに？　だれもそんなことは言ってないじゃない」

「公にすれば。あいつが…宗仁《そうじん》が権力を失っちまうからだよ」

「どうして？」

「死んだ桃仙公主には子がいなかった。しかも、次の継承権を持つ女子には、六卿《りくきょう》から別の後見人がついている」

「りくきょう？」

「ちっ。本当になにも知らずに来たんだな。天官、地官、春官、夏官、秋官、冬官——政務をあずかる六つの機関の長が六卿だ。貴族の中でも仙貴族と呼ばれる桃仙公主の親族二十七家の出身でないと就くことのできない重職さ」

金崙《こんろん》では、現桃仙公主の近親で二十歳以下の女子に王位継承権を与えられ、うち有力二名に、この六卿からそれぞれ後見人がつくのだという。

そして六卿の中でも、もっとも地位が高いのが天官長——通常、宰相と呼ばれた。

宰相になるには、当然、継承権一位の女子の後見人になったほうが有利だった。宰相は桃仙公主が即位時に指名する制度で、自分の後見人以外を指名することはまずないからだ。そのため、己が後見した女子が桃仙公主になり、のちに彼女が世継ぎを産めば、現宰相が引きつづきその子の後見人となることが慣習化しているらしい。しかし宗仁のばあい、亡き桃仙公主に子がいないので――。

「こうなれば、玉座は別の六卿が後見する娘に移っちまう。次の有力な二名を後見しているのが夏官の長・雷豪栄《らいごうえい》と冬官の長・肖弘玄《しょうこうげん》だ。雷家と肖家は最近このふたりが家督を継いでから、宗仁と折り合いが悪くてね」

「じゃあ、その有力な女子のどちらかが桃仙公主になって、雷豪栄か肖弘玄が宰相に指名されたら……」

「ああ。宗仁の宮城での立場はぐっと悪くなるだろうよ」

藍花はだんだん話が見えてきた気がした。宗仁は自分が宰相でい続けるため、後見した桃仙公主の死を隠した。だが、いつまでも隠しおおせるはずがない。

「まさか……」

「そ、おまえが桃仙公主の身代わりだ」

藍花はそれを拒むように、蓮羽の腕から逃れて、彼と距離を置いた。

「む、む、無理に決まってるでしょう。だいたい、すぐにバレるに決まってるわ。だって亡くなった公主さまと私とじゃ、ぜんぜん顔が違うはずよ。だれかが見たら……」

「十で即位して、早々に心を病んで、成長期に九年も閉じこもってたんだ。宗仁もそれを隠すために側付《そばつ》きはすべて親族で固め、他《ほか》の六卿でさえ、薄絹越しでしか会わせない。会話も宗仁を介してしか許さなかった。入れ替わっても、わかるものか」

藍花は思った。ひょっとして宗仁は、即位後すぐに病んでしまった公主を見て、いずれ身代わりが必要になると早くから考え、他の者との接触を極力避けたのではないだろうかと。そして起こったのが二年前の桃宮《ももみや》での流行病の蔓延《まんえん》——いいや。あの時、公主はもう回復の見込みがなく、宗仁はついに身代わりを据える決意をしたのだろう。公主の面影を知る古株の男仙たちを追いだす口実として、毒を盛り、ありもしない流行病を演出し、なにも知らない男仙たちをあらたに献上させ、偽公主を引き入れる準備を着々と進めたのだ。

それにしても、そこまで入念にしておきながら、藍花自身にはなんの説明もなく、いきなり桃宮に連れてくるとは、父もずいぶんと乱暴ではないか。

「……私、なにも聞いてないんだけど」

「知るかよ。あいつが最後に桃宮に来たのは二日前だ。いよいよ身代わりが来ると、俺は聞かされた。藍花という娘だとな」

二日前というと、藍花が桃宮に入る前日だ。

「そういうや、あの男、少しあわてていたようだったな」

「焦っていた？」

「身代わりを迎えるっていうのに、話もそこそこに帰ってしまった。もしかしたら、横領が露見しそうになったことに気づいて焦っていたかもしれない」

だから、藍花への説明も不十分だったのか。なんだか釈然としない。

にしても、一番気になるのは——。

「……あなた、だれなのよ？」

藍花は蓮羽をにらみすえた。この男だけは宗仁の企《たくら》みをすべて知っている。宗仁の親族ならば、拘束されているはずである。免れたというのなら、親族ではないということだが、では、彼はいったい何者なのか。味方だったのか。それとも味方を装った敵なのか。

「まさか、あなたが横領のことを漏らしたんじゃあ……」

「横領のことなんて初耳さ。ま、間抜けだとは思うがな。身代わりなんて大胆な罪を犯しちまう奴《やつ》が、たかが横領で足をすくわれるとは。とはいえ、俺《おれ》もあいつが逮捕されちまって、多少は困ってるんだぜ」

「宗仁の味方ってことなの？」

と、ずばり尋ねると、

「俺か？　俺はおまえを愛するために呼ばれた。ただそれだけだ」

蓮羽ははぐらかすように答えて、起き上がり、人なつっこい笑みを見せてくる。危険な匂《にお》いのする笑みだったので、藍花はまともに見ぬよう、ちょっと視線をそらす。

「な、なんにせよ、宰相の共犯ってことね」

「そう。おまえと同じ」

「え？」

「おまえも共犯だろう。桃仙公主の身代わりになるために桃宮に来た」

勝手に共犯にされて、藍花は取り乱した。

「なっ、ちょっと、私はまだ身代わりをするなんて……っ」

「でも、おまえはさっき禁兵から公主殿下と呼ばれて返事をしたじゃないか。おまえはもう犯罪に手を染めちまったんだよ。知らないなんて言いわけは通用しない。公主なりすましなんて第一級の大罪だ。さて、お縄になったら、どうなるか」

「だ、第一級!?」

待ち受けるのは、死罪か永久投獄か。ますます取り乱す藍花を蓮羽がいっそう煽《あお》った。

「いいじゃないか、公主さま」

「だ、だから、私は違うっ」

「じゃあ、ふたりきりの時は、藍花とでも」

妙に愛《いと》しげに呼ばれては、藍花はなおのこと心が乱され、

「やめてってばっ！」

「なら、もうだれでもいいさ。ただ寂しい俺に、極上の一夜を味わわせてくれ……」

蓮羽がふいにやるせない顔を作って、手を伸ばしてきた。ぞっとした藍花が反射的に下がると、寝床から尻《しり》がはみだして、どんっと床にみっともない姿勢で落ちてしまう。

彼がくすりと吹きだしたような気がしたが、そんなこともうどうでもよくて、部屋をいちもくさんに飛びだしていた。

とにかく逃げようと無我夢中で走る——今ならば宗仁の事件に人手をとられているはず。桃宮からひとり逃亡したところで、追う余裕などないかもしれない——藍花の思惑に沿うように、桃仙殿の中は、来た時にはいたはずの侍童《じどう》たちがどこにもいなかった。

が、出口が目前に見えた時、袍衣《ほうい》を着た五人の男たちが駆けこんできた。藍花は方向転換をしようとして、裳《も》の裾《すそ》を踏んでしまい、あっとすっころぶ。男たちに包囲され、今度こそ終わりだと覚悟を決めたが、彼らは藍花を捕らえようとはしなかった。

ひとりの手がそっと彼女に差しだされた。細くて白い指をした美しい手だった。おそるおそる顔を上げると、目の前にははっと胸をつかれるほどに、繊細な美貌《びぼう》をした青年がいた。

「だいじょうぶでございますか、公主殿下」

桃仙殿に高貴な格好をした娘がいれば、公主と思われても当然で——。

「え？　あの、私は……」

藍花は反射的に否定しようとしたが、口をつぐむ。身代わりを覚悟したわけではない。公主なりすましは第一級の罪という蓮羽の言葉に怖《お》じ気づいてしまったから。

「さあ、こちらへ。あなた様はもう自由でございます」

「自由って……あ、その、ちょ、ちょっと」

五人の袍衣の男たちに囲まれ、問答無用でどこかに連れていかれる我が身は、どう考えても自由ではなく――、

（だれか――っ。私に本当の自由をちょうだいっ！）

◇

緋色《ひいろ》の袍衣を着た髭面《ひげづら》の大男が、宗仁横領事件のあらましを、広間に響きわたるデカい声で藍花に報告する。

「あー、宰相の犯行については、今年に入って、五度の公財からの横領と、それにともなう公文書偽造がみとめられた。現在、当人の屋敷にて拘束中だっ」

（あのクソ親父《おやじ》ーっ。なんで金持ってるくせに、よその金に手をつけるわけよっ）

「それと公の財を犯したばあい、当事者の親族も捕縛することになっているっ。よって殿下お付きの侍童たちも全員拘束させてもらったっ。不便をかけるが、代わりの者の手配ができるまで、少々辛抱してくれ――以上っ」

報告はなんともあっけなく終わった。大男はきびきびとした動きで一歩下がり、居ならぶ他

の四人たちと列をそろえる。

「ご快癒、まことにおめでとうございます」

捕縛された宗仁を除く五人の六卿たちは声をそろえ、両手を胸の前で組むと、玉座に座る藍花に拱手《きょうしゅ》の礼をした。

(ぜんっぜんっ、おめでたくないっ!)

そこは金宮と呼ばれる公宮の広間だった。藍花は半泣きの顔を隠すように半身をねじって、背もたれにかじりつき、彼らに返事をしようともしない。

(だめだめっ。なにか言ったら、ぜったいボロがでちゃうものっ)

すると、こつこつと沓音《くつおと》が近づいてきて、手前にひざまずく気配がした。

「ご心配なく。我々は宰相殿のように、あなたを虐《しいた》げはいたしませんよ」

えっと藍花が見やると、深い紫色のまなざしがこちらをやさしく仰ぎ見ていた。先ほど手をさしのべてきてくれた青年だった。甘い蜜色《みついろ》の長髪が極上の絹糸のような艶《つや》を放ってうねり、白面の女性的な顔立ちをしているが、けっして弱々しくはない。瞳《ひとみ》の奥にそこはかとなく男性の色香があり、目があった藍花はどきっとなる。

「知っておりますよ。かつて宰相殿はあなたが意に沿わぬことをすると、乱暴に叱《しか》りつけ、時には罵倒《ばとう》さえした。そのせいで萎縮《いしゅく》したあなたは心をふさぎ、宰相殿を専横に走らせる原因となった。それゆえ我々は今回のことに踏み切ったのです」

「……今回のこと？」

「高《こう》宗仁の捕縛です。長らくもみ消されていた公財の私的流用の証拠をあぶりだし、あえて罪を問うことにした。もうそうするしか彼の専制は止められなかった」

つまり宗仁はやりすぎて政変《クーデター》を起こされたわけだ。ますますもってバカ親父だと、ため息をこぼす藍花に、ふと青年が親しげな笑みを向けてきた。

「おひさしぶりでございます」

「え？」

「わたくし、九年前、短い間ではございましたが、男仙としてお仕えしておりました呉黎春《ごれいしゅん》でございます」

（男仙って……ちょっと、やばっ）

ということは、亡き桃仙公主の顔を近くで見ているかもしれない。藍花は顔を隠すようにさっとうつむき、次に返す無難な言葉を必死で探った。

「ひ、ひさしぶりね。どうしてたの？」

「地官長である父・呉志文《しぶん》のもとに戻っておりました。その父も三年前から体調が思わしくなく、今はわたくしが地官の長を……」

しかし、ふたりの会話を邪魔するように、ごほんとわざとらしい咳払《せきばら》いをする者がいる。

「……代理、だろう。呉黎春」

あの髭面の男が煙たそうに言った。他の卿たちが困惑した面持ちで、「夏官長殿…」と男をたしなめる。

(……夏官長、じゃあ、あのもじゃもじゃ拡声鬼《かくせいき》が雷豪栄とやらなのね)

蓮羽が話していた宗仁と折り合いの悪いとかいう六卿のひとりだ。ならこっちのことも良くは思っていないかもしれない。

「呉黎春、勘違いするな。おまえは病気療養中の呉志文の代理で地官の長をやらせてもらっているにすぎない。それをわきまえとけ」

豪栄が豊かな髭を鬱陶《うっとう》しそうにいじりながら言えば、黎春はとくに不快な顔もせず、「そうでしたね…」と、素直に認める。

「それよりも殿下、ここで決めてくれないか」

と、豪栄が急に矛先を変えてきたので、藍花はびくりとなった。

「え？　な、なにを？」

「決まってる。次の宰相だ。指名権があるのは殿下だけなんだからな」

(さ、宰相ですって？)

そういえば、蓮羽が指名権のことを言っていたような……。

「ちょうど六卿がここにそろってるんだ。向こうから春官の長・江都訓《こうとくん》、秋官の長・楊祖英《ようそえい》、冬官長・肖弘玄、そして俺が夏官長、雷豪栄。そこにいるのが、地官長の代理の呉黎春だ。さ、どれにする?」

(……ど、どれにするって、店で物買うみたいに言わないでよっ)

藍花はとりあえず六卿たちを見ていき、これまでの経験をもとに人物鑑定をしていった。まずは他の四人よりはかなり老いたやせぎすの春官長と、対照的にでっぷり太った中年の秋官長に目をとめて——。

(……春官長…ああ、あの手のおじいちゃんは給金はずんでやるって言うわりに、いざ支払いになったら、ぼけたふりで無効にする雇い主に多い顔ね。秋官長は…あれはこの前クビにしてくれた金乾隆《きんけんりゅう》そっくりっ。愛人には金払いはいいけど、使用人には絶対渋ちんよ)

ついで青白い押しの弱そうな顔をした中年の冬官長を観察して——、

(……あれも宗仁と仲が良くなかったんだっけ。自分の失敗を使用人のせいにして、給金減らすせこい雇用人はたいていああいう顔ね)

そして夏官長の豪栄に目を移しては、くらくらと目まいを感じ——、

(……ああっ、これはまちがいなく給金のわりに人使いが荒いわ)

というか、そもそも宰相を選ぶ基準としておかしくないかと思いつつ、最後に地官長の黎春を見ようとしたが、しびれを切らしたように豪栄が言った。

「……ったく、わからないなら、わからないって言ってくれ、殿下」

(……なっ、そ、そっちから訊《き》いといて、なによっ。私、いびられてる?)

　すると、すかさず黎春が藍花を庇《かば》った。

「夏官長殿。いくらご快癒されたからとはいえ、公の場が久しい公主殿下に、そのようなご決断を今ここで強いるのは、あまりにも酷では？」

「酷もなにも、殿下が決めるのがしきたりだから、お尋ねしたまでだ。わからないなら、わからないで、俺たちにゆだねてくれれば、なにも無理強いは――」

「では正式に決まるまでは、わたくしが宰相を」

　黎春がいきなりそう言ったので、豪栄が「はあ!?」と、目をひんむいた。

「なにか異議でもおありですか。たしか宰相が任期途中で役を辞したばあい、正式な使命までは、六卿のうちの年長者が代行を担うという規則のはずですが」

「だから大ありってんだっ。年長っていうなら、そこの春官長だろうがっ」

　豪栄が春官長をびしっと指さした。春官長は無理と言いたげに、いきなり腰を曲げて、ごほごほと虚弱のふりをする。

「たしかにわたくしは二十七の若輩です。しかし、わたくしは父の代わりをもう三年務めている。長の経験はここにいるだれよりも実は長いのですよ。もちろんあなたよりもね」

「だが、おまえはそもそも資格がないだろう。代理なんだからなっ」

「わたくしが代理ということは、父の地官長の地位は有効です。ならば六卿の中でもっとも年長の父が宰相のはず。わたくしはその代理となりえるのではないですか」

「なっ、おまえっ。さては三年も代理でいるのは、父親の立場を利用するためかっ。屁理屈《へりくつ》だっ。そんなのを道理にすりかえようって奴《やつ》が宰相とは、片腹痛いわっ。それならまだ俺のほうがマシというものでっ」

「屁理屈ごときをくつがえせぬあなたが宰相？　そちらのほうがよほど片腹痛いですね」

豪栄と黎春の舌戦《ぜっせん》はやまず、他の六卿たちはおろおろするばかりで、てんででくの坊。藍花はだんだんといらついてきた。

（なによ。たかが臨時の宰相で。私なんか人生の崖《がけ》っぷちに立たされてるのよ！）

桃仙公主すり替えの共犯に知らぬ間にされ、しかも主犯の退場で孤立してしまった。

目の前に偽桃仙公主がいるという大犯罪にも気づかないくせに、宰相なんて、こっちが片腹痛い――そう言いたくとも言えないいらだちを藍花はつのらせる。

えぇいっと我慢の限界が来て、彼女は玉座から勢いよく立ち上がった。

「あなたたちっ。宰相できないからって、食えなくなるわけでもないでしょうがっ。それよりも、たっぷり禄《おぜぜ》もらってるぶん、とっとと働いてきなさ――いっ！」

◇

閑散とした広間には藍花ひとりだった。六卿はいない。藍花の剣幕に圧《お》され、臨時宰相の採決を別室に移したのだが、藍花にとっては、だれが宰相だろうがどうでもいい。

（……わたし、このままずっと桃仙公主になりすまさなきゃいけないの？）

そう思うと、ついさっきの威勢はしぼみ、玉座の上でひざを抱えて大きなため息をこぼす。

いっそのこと、「ごめんなさい、私偽者です」と言えばいいのか。いいや、世の中それですむほど甘くない。それどころか自分のせいで母もお縄になるかもしれない。

ため息ばかりこぼす彼女に、黎春がふたたび現れ、そっと近づいてきた。

「終わりましたよ」

黎春が他の六卿たちの補佐を受けるという形で、臨時の宰相となるとか。まあ、あの六卿の面々では妥当かもしれないと藍花は思ったが、――いや、そんなことを考えるよりも、まずは退位の言いわけだ。どう言って辞めよう。自由になりたいは？　記憶喪失になっちゃった？

それとも実は私は男ですとか？

（……やっぱり病気がまだ治ってないっていうのが、一番いいわよね）

「あのね、宰相。実は私、まだ……」

「お元気そうでご安心いたしました」

先にそう言われてしまい、ああっと藍花はうなだれた。

「高宰相がいなくなり、不安ですか。ご安心を。わたくしが補佐いたしますよ」

かたわらから黎春のやさしい声で言われると、なんとなく桃仙公主をやってもいいかもと思えてくるのだが。

（……だめだめ。あの男仙どもを相手にしなきゃいけないのよっ）

　蓮羽にされた、あんなことや、こんなことが脳裏をよぎり、ぶるっと身震いする。

　ふと前を見ると、黎春のきれいな顔が間近に来ていたので、どきんとなった。彼がひざまずき、じっと真剣なまなざしでこちらを見ていた。

「な、なに？」

「お急ぎください。公主殿下はまもなくご即位十年となります」

「え？　それがどうしたの？」

　十年目になにか特別の儀式でもあるのだろうか。

「禅譲《ぜんじょう》が迫っているのです」

「禅譲？」

「ご存じないのですか。桃仙公主は君主としての采配《さいはい》はもちろんですが、初代である仙公主の魂を次につなぐ、つまり世継ぎを作ることも、その資質として問われるのですよ」

「そ、それと十年にどういう関係があるの」

「即位後十年、幼少期に即位したばあいは、月役《初潮》を迎えて十年、その間に懐妊の兆候がなければ、年齢にかかわらず禅譲という名目で後継者に玉座を譲らねばならないのです。公主殿下は今年でご即位九年。残り一年しかございません」

（……ということは、あと一年で辞められるっ）

藍花に希望の光が見えてきた。

◇

『禅譲となれば、今までのような生活はできません。役目を果たせず退位したことになりますからね。不名誉ゆえ、禅譲となった公主殿下の多くは、都から遠く離れた地に小さな離宮を造り、人目を避けるようにお過ごしになります。それに金銭面でも大変ご苦労なされるでしょう。地官が管理する財より、退位時にわずか五十万銭のみを分与し、以後はご自身で管理していただきます。お付きの者もほとんどあてがわれませんから、それはそれは侘《わび》しいお暮らしが待っているのですよ……』

（なんてすてきな暮らしが待ってるのかしらっ！）

夜明け前、桃宮に戻ってきた藍花はうきうきと寝所の中を歩き回っていた。昨晩から一睡もしていないのに、うれしさで眠気なんて吹き飛んでしまった。

（一年、一年だけ、身代わりでいれば……）

円満に退位できる。しかも引退金付き。黎春はわずか五十万銭と言っていたが、とんでもない。藍花からすれば、母や同居人たちを養っても生涯使い切れないほどの大金だ。

　できるだけ都から離れたところに、安上がりの、うんと小さな離宮を造ろう。そうすればお付きの者もほとんどついてこない。そして母や初初《ちゅちゅ》たちを呼び寄せて、今度こそ貧乏から脱出してみせる。なあに。一年など、出稼ぎだと思えば……。

「ご機嫌だな。その笑顔で俺の相手もしてくれないか」

「！」

　真後ろで蓮羽の声がした。藍花はふり返るよりも先に、まずは逃げて、彼との距離を置く。

「なんだ、もうしかめっ面か。公主殿下の気まぐれには困ったものだ」

「け、けだもの相手に笑顔なんてできませんからね」

「ふんっ。というか、そんな無防備じゃ、とうてい一年ももたないぞ」

　一年——蓮羽は禅譲のことを知っているようだった。

「だれから聞いたのよ？」

「宮城じゃ常識だ。そっちは家臣から聞いたんだろうが、退位の分与金狙《ねら》いってとこか。でも偽者のおまえがもらったら、宗仁と同じで、公財の横領になるんじゃないのか？」

「おあいにくさま。もらえるのは、〈私庫〉といって桃仙公主の私財からよ」

　私庫の内訳は〈先代からの遺産〉〈領主から徴収した租税の一部〉そして〈後見人からの奉納金〉となっているのだが、

「禅譲のばあいは奉納金だけがもらえるの。つまり宗仁のお金だけってこと」

「なるほど。それに奉納金は、桃仙公主が在位中に亡くなれば、後見人に返還される。あいつに返すぐらいなら、私がもらったほうがずっとマシ、ってか」

「な、なによ、よく知ってるじゃない。横領とか言って、脅して、人が悪い」

なによりもあれは自分がもらってもおかしくはないお金だ。今まで娘としてないがしろにされ、ようやく呼び寄せられては、このありさま。見返りにもらっても、後ろめたいことなどなんらないはず。それに妾腹《しょうふく》とはいえ、自分も仙貴族の血を引くのだし、まったく見当ちがいの娘が公主を名のるわけではないのだから――藍花は己にそう言い聞かせる。

「そ、そういうわけで、だれにも迷惑かけるものじゃないわ。だから――」

「大迷惑だよ。こっちは」

「え？」

なんのことだろう。一瞬、それに思考をとられてしまい、気がつくと、蓮羽に距離を縮められていた。あわわと退こうとするが、背後は寝床で、後がない。

「今度からは後先のことを考えて逃げるんだな」

「ご、ご助言、あ、ありがたく受けとっておくわ」

「馬鹿。調教したってんだ。他の男仙《おとこ》の前で同じドジ踏まれちゃかなわないだろう」

蓮羽が迫れば、藍花が離れ、彼女の背はぐうっと弓なりにそっていく、あわや寝床に倒れ込みそうになった寸前で、蓮羽がすばやく彼女の腰に腕を回して抱きとめた。

のけぞった藍花の白いのど元に、蓮羽がすべらすように口づけを落とす。

「こ、これのどこが調教よっ。鬼ぃっ。人でなしぃっ。悪党ぉっ」

「これは奉仕だ、殿下。おまえが次に言う言葉が〈愛しの婿君〉になってくれるように」

「いいえっ。次に言うのは〈ド変態〉ですっ」

と、その時だった。

「し、失礼アルっ」

やたらとしゃちほこばった声がかかり、見やると、部屋の入り口に白衣の侍童たちがかちこちに緊張して立っていた。その数およそ二十名ほど。

「わ、わたしたちは、男仙殿に仕える侍童アルっ。夏官長さまより桃仙殿でお勤めするようにとお申しつけがアリ、ただちにまいったしだいアルよっ」

そういえば、桃仙殿《ここ》の侍童たちが拘束されたから、代わりの侍童たちが手配される予定だったのだ。桃仙公主の側仕えという大役にめっぽう張りきる純朴そうな彼らを見て、藍花はぴんとひらめいた。

すぐさま蓮羽を振りはらい、寝床の前で苦しげにしゃがみ込む。

「あぁ、なんだか気分がすぐれないわ」

侍童たちに聞こえるようにつぶやくと、彼らがどやどやと駆けよってきた。

「だ、だいじょうぶアルかっ！　公主さま！」

「え、ええ。でも今日《きょう》はひとりでじっとしていたほうがいいみたい。仙王《せんおう》には出ていってもらってちょうだい。とぉぉぉおっても、なごり惜しいけど」

はいアルっ、と侍童たちは生真面目《きまじめ》にうなずき、蓮羽のほうをふり返ると、連なるように大の字で立ちはだかった。

「も、もうしわけないアルが、本日はここまでアルっ。おひきとりねがいたいアルよっ」

「そうきたか……」

蓮羽は興ざめた顔はするも、案外素直に引き下がった。

「ま、機会はいつでもあるしな」

そう言い残して、部屋を出ていく。藍花は密《ひそ》かにこぶしをにぎりしめた。

（……機会なんか与えないからね）

このまま一年乗り切ってやる。ぜったいに退位してみせるのだ。

四、仲むつまじきは、不仲のはじまり

翌日から藍花《あいふぁ》は仮病作戦に出ることにする。起床してすぐに体の不調を訴え、一日中部屋の中で過ごすことにした。そもそも亡き桃仙公主《とうせんこうしゅ》が病がちということで通っていたし、これで一年乗り切るのが自然だと思ったからだった。しかし——。

「——ふうむ」

白髭《ひげ》の侍医《じい》は寝台に横たわる藍花をあれこれ診察するも、首をかしげるばかり。まわりにいた侍童《じどう》たちが、必死な顔で侍医にすがりついた。

「医生《せんせい》っ、公主さまはいかなる病アルかっ。三日前はお頭《つむ》が痛いアル、一昨日《おととい》はお胸がお苦しいアル、昨日《きのう》はおなかが痛いアル、今日《きょう》はお尻《しり》がお痒《かゆ》いアルとは！」

（……あーもー、アルアル団たら、よけいなことを）

藍花は頭を抱える。たいしたことないと言っているのに、この純真な侍童たちときたら、とうとう侍医を呼んできてしまった。

「公主殿下。侍医をお呼びになったとはまことでございますかっ」

黎春《れいしゅん》を先頭に、六卿《りくきょう》らも勢ぞろいで見舞いに駆けつけてきたものだから、藍花は掛布を深くかぶって隠れる。

「おいっ、三日前に明け方まで男仙《やろう》といちゃついてたって聞いたぞ！　だから倒れたんだ!!」

「夏官長。公主殿下は世継ぎを早くもうけねばと懸命なのです。そうお責めにならずとも」

豪栄《ごうえい》の破壊的な怒声が頭上でがんがん響けば、黎春が藍花を庇《かば》ってくれる。

（違う、違うっ。黎春も、もじゃもじゃ拡声鬼《かくせいき》も、それはかんちがいなのよぉ！）

藍花が首を必死に横に振る仕草が、皆にはもだえ苦しんでいるように見えるらしく、

「なっ、侍医のじじい、殿下のようすがおかしいぞっ。なんとかならんのかっ」

「わ、わしに訊《き》かれても……。この前まで殿下をお見立てしていたのは、高宗仁《こうそうじん》さまが外からお招きになっていた医師やからのぅ。どうにもこうにも」

豪栄に羅刹《らせつ》のごとき形相で責められ、侍医は怯《おび》えながら弁明した。

「ならば、その外医師を呼んでみてはどうでしょうなあ」

そんな提案をしたのは、いつも青白い顔の冬官長だった。

「冬長官殿。残念ながら、その者は高宗仁の横領事件以来、行方《ゆくえ》をくらましております」

黎春がそう言えば、豪栄が髭をいじりながらつぶやく。

「そやつの屋敷に診察の記録が残っていないのか？　殿下の病気が原因不明のまま長引くようなら、それを捜して……」

まずいっと藍花は焦った。その外医師とやら、行方不明ということは、おそらく宗仁の共犯

で、桃仙公主の死も知っているのだろう。家捜しなどされ、証拠が出てきたら大変だ。

「だ、だいじょうぶよ、私」

藍花はあわてて寝床を出た。あまり急に元気になっても怪しまれそうなので、目まいが起こったふりをして、ふらりとよろめき、また立ち上がる。

「みんなの気持ちが伝わって、ほら、元気に。太陽がまぶしいけど、私、がんばるわ……」

そのひたむきな（？）姿に、侍童たちは目をうるませ、じーんと感動する。

「公主さま、なんだかとっても、けなげアルよ……」

◇

かくて藍花の仮病作戦はたった三日で終了し、晩餐《ばんさん》の刻限となったのだが……。

「今日は食官長の陳味《ちんみ》さんが、公主さまのご快癒をお祝いして腕をふるったアル」

ということらしく、いつもなら居室の一室で食事をとるはずが、その日の藍花は侍童らの手によって、髪は派手に盛られるわ、化粧はいつもの倍は塗りたくられるわ、衣装は金糸のきらきらに盛装されるわで、桃仙殿の広間へと連れていかれた。

広間では桃宮《ももみや》専属歌舞団〈桃花侍童楽坊〉が祝いの演目を披露してくれた。楽隊の演奏に合わせて、女装の侍童たちが領巾《ひれ》をはためかせた愛らしい胡舞《こぶ》を舞い、軽装の侍童たちは皿回しをしたり、玉を操ったりと雑伎《ざつき》を見せる。

（い、いいのかしら。偽者なのに、こんな祝ってもらって……）

しかも雑伎団が技を決めるたびに銅鑼《どら》がジャーンと鳴り、「仙公主《公主さま》、痊愈《ご快癒》、恭喜《おめでとうございます》！」と喜々と合唱してくれるものだから、まるで針の筵《むしろ》に座らされているようだ。こうなれば、この場はできるだけひかえめにいこう。そう思った藍花だが、しかし料理が出てきたとたん、そんな気持ちはあっけなく吹き飛んでしまった。

「公主殿下のご本復祝って、我ら食官一同腕ふるったヨ！　八珍ならぬ、十六珍、三十二珍！　どんどん食べるヨロシ！　飲むヨロシ！」

腕は中原一《ちゅうげん》という食官長・陳味の号令で、侍童たちが列を作って給仕をすれば、寝床のように広い御膳卓には、珍味渾身《こんしん》のご馳走がずらりと並ぶ。目にもあざやかな、海の幸、山の幸、大地の幸、果樹の幸――ただようおいしい匂《にお》いが藍花の食欲を容赦なく刺激し、もはやひかえめになんて決意はどこへやらである。

（ああっ。この料理ぜんぶで、私の稼ぎ何年分!?）

思考までもが麻痺《まひ》し、もう計算する気もおきない。

（母さん、豊蘭《ほうらん》のみんな、私だけごめんねーっ）

そんなことを思いながら、香ばしそうな肉のかたまりに箸《はし》を伸ばそうとすると、

「哎呀《アイヤー》！　公主殿下、なにするヨロシ！」

陳味が驚愕《きょうがく》の声を上げ、広間の全員が動きを止めたので、藍花はぎくりとなった。

(え？　私、もしかしてなにかまちがったことしてる⁉)

あわてて別の魚介らしき皿に箸を移動させるも、彼らのようすは変わらない。

(な、なに？　やっぱり私、変なことしてるの⁉)

このままではボロが出てしまう。藍花が箸を皿に伸ばしたまま、冷や汗たらたらで固まっていると、広間の異様な静寂を破るかのように、突如、銅鑼がジャーンと鳴った。

藍花がはっと見ると、隈取りの面をかぶった長身の男がいつのまにやら銅鑼の横にいた。彼が侍童から棒を借り、大胆な舞を披露しはじめるや、そのみごとさに音楽が再開する。場の雰囲気がなごんでいく中、舞の最後に男が面の下の顔を見せると、皆はわっと沸いた。

(れ、蓮羽《れんう》⁉)

「やれやれ。公主殿下は久々の陳味のご馳走に心が急いておいでのようだ」

蓮羽はそう言うと、藍花に近づき、華麗な仕草でさっとひざまずく。

「どうか殿下。私めにご相伴《しょうばん》の栄誉をお与えくださいませ」

要するに助けてやるということだ。もちろん断固拒否、ぜったいに拒……。

「う……ゆ、許します」

藍花が苦渋の決断をすると、侍童たちは藍花の隣にぴたりとつけて席をもうける。蓮羽はまるで長年連れ添った夫のごとくしれっと腰を下ろし、余裕の表情で料理を眺めた。

「それと、それと、それを、殿下のために頼む」

「はいヨロシ。鶏肉の羊腸蒸しと、蟹肉《かににく》とみその斑《まだら》点心と、浅蜊《あさり》と蛤《はまぐり》の冷製湯に、二十四種の花形雲呑《ワンタン》ね。ちょい待つヨロシ」

蓮羽が指定した料理を、陳味は別皿にとりわける。直接箸をつけるのではないのだ。ただそれだけのことだったのかと、藍花は密《ひそ》かに地団駄を踏んだ。

「これ鶏肉の羊腸蒸し――渾羊殁忽ネ。味付けした米を鶏肉につめて、羊の腹の中で蒸し焼きにしたヨロシ。今晩のオススメ料理ヨ。これ選ぶとは、仙王《せんおう》さま、お目が高いヨロシ」

蓮羽は陳味から料理を受けとると、みずから箸をとり、藍花の口にもっていった。

「殿下、はい、あーんして」

「なっ、私は自分で食べるから、けっこう……」

「恥ずかしがらなくていいから」

んぐぐと強引に口につっこまれ、鶏肉のうまみが彼女の舌にじわりと広がれば、

（……く、悔しい……で、でも、おいしい）

「食べてる時の殿下も、とても愛らしいじゃないか。ほら、あーん」

口答えしようにも、次から次へと口につっこまれては、なにも言えない。

このほほえましい（？）食事風景を、侍童たちが顔を紅潮させて見つめる。

「公主さまと、仙王さま、とってもお似合いアル～」

（似合ってないっ！）

調子に乗った蓮羽は、藍花の頬《ほお》にちゅっと口づけてきて、

「頬に米粒がついてたぜ」

（ぜったい嘘《うそ》よっ）

「さあさ、食べるヨロシ！　飲むヨロシ！　イチャイチャするヨロシ！」

楽坊の演奏に乗って、陳味がどんどん料理をとりわけ、蓮羽が藍花に食べさせる。

（うぅ、苦しい……）

もう色んな意味で満腹になった藍花が、目を白黒させていると、ふいに蓮羽が彼女の手を引いて立ちあがった。

「ど、どこへ行くのよ？」

「これ以上のことを、あいつらに見せたら目の毒だからな」

蓮羽がちらりと侍童たちを見やると、彼らはきゃっと両手で自分たちの目をふさいだ。陳味も二枚の小皿で両目を隠し、楽坊も心得たように妖艶《ようえん》な楽曲を演奏する。

「行くぞ」

「ちょっと！　なによっ！」

拒む藍花をまるっきり無視し、蓮羽は彼女を広間から連れだしてしまう。

歩廊に出てしばらくすると、彼の力が少し緩んだので、藍花は手を振りはらった。

すぐに逃げようとしたが、つと立ち止まり、ぶすっとした顔で彼に向きなおる。

「…………ありがとう。助かったわ」

蓮羽のおかげであの場はしのげた。ただし借りは作りたくないので、礼だけは言う。

「形だけの礼などいるものか。ただ俺《おれ》の気持ちに応《こた》えてくれたらいい」

それは聞かなかったふりで引き返そうとすると、蓮羽がすっと壁に手を当て、藍花の行く手をさえぎった。

「いいかげん部屋の場所を覚えないと偽者とばれるぜ。寝室は反対方向だ」

「い、行くわけないでしょ。広間に戻るのよ」

「まだ食うのか。おまえの腹は底なしだな」

「ち、違うわ。あの中に日持ちしそうなお菓子があったから、もらいに行くだけで」

「やれやれ俺より菓子がいいとは、俺を菓子に嫉妬《しっと》する愚かな男にしないでくれ」

「だったら菓子に生まれ変わったら？　がりがりと噛み砕いてあげるから」

藍花は悪態をついてから、ふと声をひそめて言った。

「……私じゃなくて、初初《ちゅちゅ》にあげるのよ」

「初初？」

「豊蘭でいっしょに暮らしてた女の子なの。豊蘭ならそんなに日数はかからないし、出入りの商人でも来たら、こっそり届けてもらおうかなって……」

　だが、それを聞いた蓮羽はなおのことあきれ果てた。

「やめとけ。外部との接触は一番危険だ。おそらく商人はそのことを六卿に報告し、おまえが怪しまれる。そもそも桃仙公主が外部と連絡をとることじたいが警戒の対象なんだからな」

「どうして？」

「桃仙公主の実像が外に漏れるのを恐れてるのさ」

　勢力がめまぐるしく入れ替わる大陸の中原で、さして軍事にも秀でておらず、大国でもない金崙《こんろん》が、もっとも歴史が長く希有《けう》な存在でいられるのは、ひとえに桃仙公主ゆえであるという。伝説の真偽はどうあれ、君主が女仙母の血を引くという神秘性が民を惹《ひ》きつけ、反乱を防ぎ、隣国がつけいる隙《すき》を与えないのだ。

「桃仙公主の私信がうっかりよその奴《やつ》の手にわたってみろ。内容によっては、桃仙公主の衆望《しゅうぼう》はがたおちだ。そうなったら、金うんぬんの前に金崙が傾いてしまうぞ。いいのか」

　大金が遠のくと聞けば、藍花も諦《あきら》めるしかない。しかもこのド変態の言いぶんがまともなだけに、くうっと悔しがる彼女を、蓮羽がおもしろそうにながめた。

「なによ。私をやりこめて、そんなにうれしいわけ？」

「いや、意外なのさ。あの宗仁の選んだ娘っていうから、どんな腹黒い女かと期待してたんだが、子どもに菓子をわけてやろうとは、案外、かわいいことを考えるなと」

「期待はずれなら、好都合よ。その調子で放っておいてくれない？」

だが、ぷいとそっぽを向いた藍花の顎《あご》は、蓮羽につままれ、正面を向かされる。

「むしろ興味津々だよ。おまえみたいなのが、俺の腕の中でどんな女になってくれるかな」

自信満々なのが腹立たしくて、藍花は彼の手をぱんと強く叩《たた》きはらった。

「残念だけど、そうなることは永久にないから」

すると、彼はなにかを思うように、しばし黙りこんだ。

無意識でそうしているのか、左手でしきりに右肩をさすっている。

そして、次に口を開いた時、

「……なら、どうすればいい」

「え？」

彼の声音はふいに真剣なものに変わっていた。藍花はどきりと鼓動が跳ね上がる。

「どうすれば、おまえは俺に身をゆだねる？」

「きゅ、急になんなのよっ」

「聞いているんだ。おまえをこの腕に抱く方法を……」

「し、知らないわよ……」

蓮羽の黒いまなざしに、かすかな熱がおびてくると、なんだか目も合わせづらくなり、藍花はまたそっぽを向く。しかし、今度は顎をつまれなかった。ただすっと頬をなでられただけで、蓮羽のほうが視線を追いかけるようにのぞき込んできた。

「！」

小さく息をのむ藍花に、蓮羽はなおも切なげに問う。

「どうしたら、おまえは俺を見るんだ。おまえの望みはなんだ……」

「やめ……っ」

思わず平静を失いかけ、気づけば、藍花の顔は真《ま》っ赤《か》で――、

（……やだっ）

藍花は蓮羽の顔も見れずに、その場を足早に走り去る。

桃仙公主の部屋に直行すると、侍童たちが迎えてくれたのだが、

「あれ、公主さま、お早いお戻りアルね。付き添いはどうし……哎呀《アイヤー》!?」

彼女がいきなり床にへたり込んだので、彼らはあたふたと慌てだした。

「ど、どうしたアル？　また医生《せんせい》をお呼びしたほうがよろしいアル？」

「だ、駄目っ。お、お願いだから、だれも入れないで！」

藍花は懇願した。侍医よりも、蓮羽が来ることに怖《お》じ気づいていた。

（あー、なんなのよ！）

下心しかないとわかっている相手に、どうしてうっかり翻弄《ほんろう》されてしまったのか。気持ちのやり場がわからなくて、ただばんばんと床を叩く。

「ぜったいぜったい、だれも入れないでっ」

藍花は侍童たちに何度も言っていた。

五、藍花《あいふぁ》VS.百人の美婿

以来、藍花は仮病こそやめたものの、桃仙殿を出ることは頑《かたく》なに避けた。侍童《じどう》にも許可なしには人を通さぬよう頼んでおく。蓮羽《れんう》に会わぬためでもあったが、やはり偽者とばれずに一年を過ごすには、宮城の人間となるだけ顔を合わさぬほうがいいと思ったからだ。

そして、なにごともなく数日が過ぎた頃《ころ》、黎春《れいしゅん》と豪栄《ごうえい》が訪ねてきた。なにを言われるのかとどきどきしながら居室での謁見にのぞんだのだが、議事内容の承認をしてほしいとのことだった。しかし黎春から受けとったものは、蓮羽以上にやっかいなしろもので――。

（……わ、わからないわ）

巻物を広げ、藍花はちんぷんかんぷんな顔で凍り付いていた。文字は読めても、「地官下士の再編成」だとか「義倉新設地について」だとか「西方警備の駐屯地移動」だとか、そもそも内容が理解できないのだ。

「公主殿下、いかがいたしましょう」

「い、いいんじゃないかしら。この通りで」

「では、おおせのままに」

黎春は笑顔で応じたが、豪栄が、「こらっ!」といかつい怒声を上げた。

「公主さまよ、今、適当に判断しただろう」

藍花の顔が図星ですと言わんばかりに引きつる。

「……そ、それがなにか?」

若干開き直って言い返していた。豪栄に少々腹がたったからだ。この前の宰相指名の時もそうだったが、彼はこちらが政務にうといのを知っていながら、あえて「わからない」と言わそうとしているような気がしてならない。これでは嫌がらせではないか。

「かまわないのですよ。理解できぬことがあるのは、いたしかたありません」

黎春が藍花を庇《かば》ってくれたが、

「おいおい。俺《おれ》は別に理解できないのを怒ってんじゃない。わからないなら素直に言ってくれって話だ。それができずに知ったかぶりされるのが一番迷惑でな。だったら俺たち六卿《りくきょう》に丸投げしてくれるほうがありがたい。正直なところ、公主殿下はいてくれさえすればいいんだぜ。女仙の末裔《まつえい》というだけで、領主どもはひれ伏してくれるんだし」

「夏官長、それではまるで公主殿下にお飾りになれと言っているようなもの」

「今も昔もお飾りだろ。ただ宗仁《そうじん》の時のように愚かなお飾りのままではいてほしくなくてね。奴《やつ》が専横を極められたのは、殿下を病ということで幽閉し、宰相の権威のみならず、君主の権威まで我が物にしやがったからだ。その気になれば、殿下以外がその権威を施行することもできる。自分の持ってるものの重さを肝に銘じてくれってことだよ」

「……重さ」

豪栄に腹がたっていたはずなのに、今度は彼の言葉が妙に身にしみる。

「そういや、殿下よ。最近また自室《ここ》にこもりっぱなしなんだって？　陳味《ちんみ》や教坊の侍童どもが気にしてたぜ」

「どうして？」

「自分たちがはしゃいで、殿下が病み上がりなのに疲れさせちまったんじゃないかってな」

「……っ」

藍花は思いがけないことに絶句した。自分が安易に部屋にこもっていたせいで、まったく関係のない人たちを心配させてしまっていたとは。

「どうやら元気そうだし、陳味たちには俺から言って安心させてやらあ。ま、でも、あまり皆に手間をかけさせるなよ。政《まつりごと》は無理でも、君主の心づかいぐらいはしてみるもんだ」

「君主の……心づかい？」

「君主として皆を思いやることだ。まさかそれもわからないほどのお馬鹿《ばか》さんか？」

「わ、わかりますっ」

「ははっ。ならいい。ま、わからなければ、いつでも訊《き》いてくれ」

言うだけ言って、豪栄は先にじゃあなと出ていってしまう。

しかし、わかるとは言ったものの、藍花は内心では困惑していた。

（……君主の心づかいだなんて、私にどうしろっていうのよ）

偽者の自分には無関係なことだとは思うのに、藍花の胸には悶々《もんもん》としたものが広がる。

「豪栄の言うこともっともですが、ご無理は禁物ですよ。そうなれば、今度はわたくしがつらい。わたくしにも心づかいをなさってくださいね」

黎春はやさしくいたわってくれたが、胸のつかえはとれなかった。彼も部屋を出ていくと、彼女は浮かぬ顔で椅子《いす》の背にもたれかかる。

「――公主さま、六卿の方々が緊急に謁見希望だとかでおいでアルよ」

しばらくすると、侍童がそう言って部屋に入ってきた。黎春たちが戻ってきたのかと思いきや、姿を見せたのは春官長と秋官長だった。彼らはひどくあわてふためいている。走って来たのか、老いた春官長はひいひいと腰をさすり、太った秋官長はふうふうと呼吸困難状態で――。

「た、大変でございます、公主殿下っ」

「男仙《だんせん》たちが殿下を巡って大喧嘩《おおげんか》をっ！」

「なんですって⁉」

◇

「ここですっ、ここでございますっ」

藍花はふたりに急《せ》かされ、中庭に連れてこられた。彼女が宮に入ってすぐの時に来た場所だった。だが目にするのは満開の桃花ばかりで、男仙たちは人っ子ひとりいない。

「ねえ、喧嘩って、どこで？」

藍花がふり返ると、彼らは先ほどの狼狽《ろうばい》はどこへやら、気色の悪い笑みを浮かべていた。怪しいなと思っていると、例の号令が男仙殿のほうから聞こえてきて……。

「剛健《カンチェン》！　剛健《カンチェン》！　剛健《カンチェン》の時間アルよ～！」

「吉報アル！　本日は公主殿下が中庭で皆をお待ちアル。一番乗りにはなんと抱擁と桃花が褒美として下賜《かし》されるアルよ。お急ぎアル～！」

（え？　今のはなによ？）

ほどなくすると、男仙殿よりぞろぞろと美青年の一群が出てきた。気のせいか、この前よりもやたらとイキのいい足どりをしている。

とくに先頭を駆ける青年の足の速いこと速いこと。よく見れば、彼は、そう――。

「よっしゃあっ！　オレが一番乗りだっ！」

（やばっ、あれは現場主義の男っ）

白い髪をなびかせ走ってくるのは飛猿《ひえん》だった。彼は一番乗りを目指し、恐ろしい速度でこちらに向かってくる。逃げなきゃと思ったが、藍花の両腕は長官たちにとらえられ、身動きができない。

「だ、だましたわねっ」

「我らは殿下のお手伝いをさせていただいているだけ。どうか早うお世継ぎを」

「わしら元宗仁派でしてな。雷《らい》豪栄や肖弘玄《しょうこうげん》に幅をきかせられては、今後の立場が」

藍花に子ができず退位となれば、次の桃仙公主《とうせんこうしゅ》の後見人は夏官長の雷豪栄か冬官長の肖弘玄。どちらかが宰相となることは確実だ。とはいえ、そんなの藍花には知ったことじゃない。

「ぜひとも彼らと、楽しく、甘美な、お時間をお過ごしくだされ」

「百人がよりどりみどり。濃いの薄いの。肉っぽいの骨っぽいの」

（いらないっ、全部、いらないからぁっ！）

「ひゃほうっ、殿下――っ！」

飛猿が到着する直前、長官ふたりは藍花を離し、すたこらさっさと逃げていく。藍花は飛猿にぎゅうっと抱きしめられ、ひえぇっとすくんだ。

「二年待ったかいがあったぜ。ああ、殿下、そのかわいい顔をもっとよく……んん？」

飛猿は藍花の顔をまじまじと見つめた。

「あれ？　どこかで一度会ったような……」

（うわっ、思いださないでっ）

藍花がうつむくと、飛猿がふふっと笑う。

「なんて初々しいんだ。殿下、いいさ、あなたが恥ずかしくてうつむくなら、オレはあなたを下から見上げつづける人生を選ぶ。オレの首の筋力の一生分を、あなたのために捧げるぜ」

（……あんたは、もう「おめでた現場男」に改名してあげるわ）

そのうち他《ほか》の男仙たちも駆けつけてくると、彼らは藍花をぐるりと包囲し、他者を押しのけるように次々と名乗りをあげてくる。

「こ、公主殿下、私は氷英《ひょうえい》ともうします。以後お見知りおきをっ」

「わたくしは相順《そうじゅん》。故郷の恋人百人と縁を切って、こちらにまいりましたっ」

「俺は明慶《めいけい》だ。一日一万個の餃子《ぎょうざ》を包めるほどに、体力には自身がある」

藍花はこわばった笑みを浮かべて、彼らの自己紹介を右から左に聞き流す。

ふいに飛猿がしまったと大声を上げた。

「なんてことだっ。肝心のオレが名のってないじゃないかっ」

（なんだか、彼が不憫《ふびん》になってきたわ……）

「殿下っ、オレの名は飛……」

が、名のる前にどこからともなく書物が飛んできて、彼の頭にすこーんと命中する。

「――やれやれ、君の恋の手管《てくだ》はやはり猿なみですね」

やたらと知性派ぶった声。こちらも藍花がご存じの男だった。

「冬星《とうせい》っ、やりやがったなっ」

飛猿はふり返り、冬星をにらみつけた。冬星の背後にも男仙たちがずらりと徒党をくんでいる。どうやら男仙たちにも派閥があるらしい。

「飛猿、君にはとにかく情緒というものがない。見てごらんなさい。大事なお方へのごあいさつはこうするものなのですよ。公主殿下、僕は……」

と、理性的に名のろうとした冬星だったが、涼しげな目をぱちぱちとさせ藍花を見た。

「ん？　どこかでお会いしたような……」

やばいっと藍花がまたうつむくと、彼はさっきの飛猿と同じくふふっと笑う。

「はにかんでおられるのですね。ご心配なく。名著『恋語《れんご》』にございます。『子曰《しいわ》ク、若《も》シ意中ノ娘俯《ひとうつむ》ケバ、君下ヨリ見上ゲヨ。万事解決ナリ』。つまり僕が下から殿下を……」

（……飛猿と冬星ってば、ぜったいに同類だわ）

飛猿がふんと鼻を鳴らし、冬星につっかかっていく。

「なーにが子曰くだ。おまえ、書物と結婚してろ」

「では、君は猿とご結婚なされては？　知っているのですよ。君が猿をこっそり飼い慣らし、ちんけな猿芸で殿下の気を惹《ひ》こうとしているのはね」

「そっちこそ、もとは官吏目指してたって聞いてるぜ。なのに恋の世界に急に乗り換えとは、

どういう了見だ。安易な気持ちで足を突っこんだのなら、愛の炎に大やけどするぜ」

ふたりの口論は周囲の男仙たちをも巻きこんでいく。はじめはただのにらみ合いだけだったのが、いつしか、おまえの顔が気にくわない、貴様の声が耳ざわりだなどという、不毛なののしり合いに変わっていくと、彼らの注目が藍花からそれていった。

藍花はそろりとその場を立ち去ろうとする。最初に気づいたのは冬星だった。

「殿下、いずこへっ？」

藍花は裳裾《もすそ》をまくり、脱兎《だっと》のごとく駆けだした。その後ろを百人の男仙が追いかける。

「「「「お待ちをっ、公主さまっ!!」」」」

（いやぁぁっ、来ないでよぉっ！）

いくら見目よき男たちとはいえ、いっせいにこれを言われては、「うおぉぉ」と鬼のうなり声のようにしか聞こえず、それが余計に藍花を恐怖へと追いつめた。

死にものぐるいで桃色の小道を駆けていると、目端にちらりと人影が映った。少し離れたところの木立から、春官長と秋官長が笑顔で手を振っていたのだ。

（あいつら～っ。減俸よっ、減俸っ、大幅減俸っ！）

見ると、彼らは頭を指さし、藍花になにかを投げろと教えているようだった。

（え？　なに？　頭の？　髪飾りを投げろってこと？）

藍花の髪には桃の造花が飾られている。そういえば、さっき侍童が「一番乗りには桃花を下賜」と言っていた。藍花はためしに桃花を一本後方に放り投げてみた。

するとと男仙たちはおおっと歓声を上げ花に群がった。「俺のだっ」「私のだっ」とすさまじい奪い合いが始まる。ええいっと藍花が髪の桃花を全部ばらまくと、彼らは争奪に必死で藍花を追うどころではない。その隙《すき》に藍花は遠くへと避難することができたのだった。

◇

藍花ははあはあと息を乱し、もつれた足どりで池畔《ちはん》の東屋《あずまや》に転がりこむ。その場にくずおれそうになったところを、ふいに背後から黒い影にばさりと体ごと覆われてしまった。

「……動くな」

（この声、蓮羽!?）

藍花は蓮羽の上衣《うわぎ》の内に隠すよう抱きすくめられていた。直後、花をとりそこねた男仙たちが東屋の側《そば》まで追ってきたが、藍花は見つからず、蓮羽がふり返って、にらみをきかせてくれたので、すぐにどこかに行ってしまった。藍花は上衣からにゅっと顔を突きだした。

「な、な、なんなのよ。あの男仙たちはっ」

熱心を通りこして、怖いくらいだ。

「こ、こっちは偽者でも、いちおう公主なのよ。もうちょっと遠慮ってものが……」

「男仙は桃仙公主とは、男女としてのみ、対等な立場を許された特別な存在だからな。入宮の時にそう言い聞かされる。ま、それに禅譲《ぜんじょう》も近づいてることだし、あれくらいがむしゃらでないと、我が身のこともある」

「我が身って、なに……きゃっ」

蓮羽がここぞとばかりに首筋に唇を落としてきたので、藍花はうわっと彼を突き飛ばした。

「つれないな。そのつもりで桃仙殿から出てきたんだろう」

「んなわけないわよっ。私は男仙が喧嘩してるって、その…騙《だま》されたわけだけど」

「まさか仲裁でもするつもりでのこのこ出てきたと？」

「だって夏官長が……君主の心づかいをしろって」

「喧嘩の仲裁が君主の心づかいねえ。ましてや偽者のおまえが心づかいなんて、なおさら滑稽《こっけい》じゃないか。さてはおまえ、根っからのお人好《ひとよ》しだろ」

そこにつけこみそうに言ってきたものだから、藍花はふんと強がり、矛先を変える。

「た、大金もらうんだし、それなりに働かなきゃね。だいたいねえ、蓮羽、あなたこそ仙王《せんおう》なんだから、ちょっとは心づかいしたらどうなの？」

「どういう心づかいだ？」

「そんなの、もちろん亡くなった公主さまに対してでしょうがっ」

藍花は蓮羽の鼻先に人差し指をつきつけて声を荒げる。仙王は桃仙公主にもっとも愛された称号。それなのに偽者の藍花をも平気で口説くとは不敬にもほどがある。

「俺が桃宮に来た時、桃仙公主はすでに病床にいて、宗仁も見切りをつけていた。俺は偽者のおまえと契るために、宗仁のはからいで仙王の座をもらったようなものだし、裏切っているとも思わないがな」

「でも、その宗仁だって失脚したのよ……」

宗仁がどんな事情で蓮羽を策謀の相棒に選んだのかは知らないが、もはや宗仁はいないのだから、それを実行する必要はないはずだ。蓮羽が執拗《しつよう》に自分に迫る理由がわからなかった。単なる欲求不満のはけ口というなら、ぜったいに許さない。

「なら……」

と、蓮羽が急に憂い顔になったので、藍花ははっと身がまえた。

(……だ、騙されないわよ。そんな顔しても)

「……これが俺にできる、公主殿下への唯一の心づかいだから、かな」

「わ、私を口説くのが？　公主さまへの？　どういうことよ」

「おまえ、桃仙公主が宗仁にどんな仕打ちを受けていたか知ってるか」

「え？　ええ。少しはね。宗仁に罵倒《ばとう》されてたとか、部屋に閉じ込められてたとか」

黎春が言っていたことだ。そのせいで心を病み、宗仁に専政を許してしまったと。

「そうさ。桃仙《あいつ》公主は宗仁にがんじがらめに生かされてたらしい。即位したとたん、まだ十歳だってのに、好きでもない男仙ばかり押しつけられて、その苦痛から逃れるために心を閉ざして、ついには病に冒されてしまって。でも、あいつ、最期はだれを恨んだりもせず、むしろ自分を責めて、悔やんでた。このまま世継ぎを産めず、名折れの公主として語り継がれてしまうのかってな……」

「そんな……」

桃仙公主のこととなれば、藍花も素直に耳をかたむけ、きゅっと胸が痛む。

蓮羽は池の水面にやるせないまなざしを投げかけ、切ない声で言った。

「なのに宗仁の野郎。あいつにそれ以上の辱《はずかし》めを与えたんだ。かわいそうに。亡くなったあいつの軀《むくろ》を、外に運び出すのが危険だからって、この池の深くに沈めやがった」

「なんですってっ?」

藍花ははっと池をふり返った。欄干に走りより、こわばった瞳《ひとみ》で外を見つめる。

この水底に桃仙公主がいる。だれにもその死を悼《いた》まれることなく、ひとりきりで――。

「なんなのっ、それ、ひどいっ」

「ああ、ひどいものだ」

「ええ、ええ。あの馬鹿宗仁ったら。いくら宰相だからって、やっていいことと悪いことがあるわっ。公主さまをなんだと思ってるのっ。あんな奴、あんな奴……」

藍花の声が怒りで震えた。やがて怒りが、公主を哀れむ悲しみとなり、彼女がうなだれると、蓮羽はほくそ笑んで立ち上がり、隣に立って、いっそう切々と訴えた。

「俺はあいつになにもしてやれなかった。けど、せめて名折れの公主にはしてやりたくないんだよ。虫の息で俺は頼まれたんだ。『身代わりでもいい。世継ぎを作ってほしい』ってな。だから、おまえと世継ぎをもうけることが、俺ができるあいつへの心づかいだと……」

と言って藍花の肩をさりげなく抱きよせると、藍花が蓮羽を見た。彼女の瞳は今にも涙がこぼれんばかりだったが、その奥に大きな決意の光をも宿していた。

「わかったわ、蓮羽」

「やっとその気になってくれたか」

「今夜にでもしましょう。侍童たちが眠ってからのほうがいいわよね」

「当然だ。ガキはお呼びじゃない」

「そうそう。あなたのほうで縄を用意してね。できるだけ長いのをよろしく」

「おまえにそんな趣味があったとは。あまりきついのは勘弁してくれよ」

「駄目よ。きつくしっかり縛らなきゃ。あなた自身のことなんだから」

「俺を縛るのか。ぶっとんでんな。まあ、未知の世界も悪くはない」

「ええ。池の底なんてはじめてだろうし。気をつけて」

池の底――蓮羽の眉間《みけん》にかすかなしわが寄る。

「……まさかと思うが、おまえがなにをするつもりか訊いておこうか」

「なにって。池から公主さまを引き上げて、他の場所に埋葬してさしあげるのよ」

蓮羽はたちまち味気なさそうな顔をし、藍花の肩から手を離した。

「……おまえ、人の話聞いてたのか？」

「ええ。もちろん。公主さまの亡骸《なきがら》が池に沈められているんでしょう？」

まあ、そのあとも蓮羽の話が続いていた気もするが、亡骸を引き上げることばかり考えていたので、すっかり聞き流していた。

蓮羽は脱力気味に欄干にもたれかかると、あきれたようにぼやく。

「……嘘《うそ》だよ」

「は？」

「池の底に公主はいない。宗仁が外への荷物にまぎれこませて、どこかに埋葬したんだ。それに彼女が嘆いていたかも、俺は知らないぜ。なにせほとんど口をきいてないし」

「……じゃあ、今の全部、作り話」

藍花は呆然《ぼうぜん》となり、だが、たちまち気色ばんで、蓮羽へと詰めよった。

「ちょ、ちょっとっ。どういうつもりよっ？」

「まあ、あれだ。おまえの性分なら、ああいう話でその気になるかなと」

まんま信じてしまった自分が恥ずかしく、藍花はかあっとのぼせてきた。

「わけわかんないわっ。いけしゃあしゃあと嘘ついて、あっけなくバラして、なにがおもしろいわけ？　どうせなら最後まで嘘を突きとおしなさいよっ。男らしくないっ！」

「でもって俺が縄につながれて、池の底をさらわされんだろ？　ごめんだな」

「あーもうっ、泣いて損しちゃったっ。女の人を泣かしたら、高くつくんだからねっ」

藍花はさっさと手で涙をふこうとする。しかし蓮羽がその手を止めた。

案外、まじめな顔をしていたので、藍花はどきっとなった。

「な、なによ」

「損じゃない。もっと泣いてやれ」

「え？」

「公主は喜んでるさ。あいつのために泣いたのは、きっとおまえだけだ……」

「蓮羽？」

あなたは泣かなかったの？　そんな目でうっかり見てしまったのかもしれない。蓮羽は藍花からすっと視線をそらした。

「俺は……泣いてやれなかった。あいつの最期を看とりまでしたのにな」

軽口だったが、自嘲《じちょう》のように聞こえた。桃仙公主の死を哀れみながらも、心を揺らさない薄情な自分を責めているような。

「い、いいじゃない、べつに」

藍花は思わずそう言っていた。

「泣くのなんてたいしたことじゃないのよ。だって痛いだけでも涙なんて出ちゃうし。あなただって、ほら、こうしたら……」

藍花は蓮羽の頬《ほお》に片手を伸ばし、きゅっとつねって、涙を出してやろうとした。しかし、彼は平然としたままで、

「あれ？　痛くないの？」

「全然」

「そう……」

藍花が少々がっくりすると、

「なら、代わりにおまえのをつねらせろ」

「え？　なんで私？　……まあ、じゃ、じゃあ、どうぞ」

変だなと思いつつも、藍花はなりゆきで蓮羽に頬を差しだした。が、蓮羽は手を伸ばしたものの、頬ではなく明らかに藍花の胸の先をつねろうとしたものだから、あわてて手のひらで胸を覆って防御する。

「つねるのは、そこじゃないっ！」

「どこをつねれとも言わなかっただろう」

「このど変態がぁっ！」

大声を出したせいで、藍花はまた呼吸が上がる。それを落ちつかせてから、

「……そ、そのぶんだとだいじょうぶそうね」

「なにが？」

「あなたが泣けないなんて言ってたから、気にしてるのかと思って」

藍花がそう言うと、蓮羽はくすっと笑った。

「……ひょっとして俺はなぐさめられたのか？」

「なぐさめになったのなら、ありがたいわ。それとも余計なお世話だったかしら？」

「いや……なら、これから泣く必要があれば、おまえにつねってもらわないとな」

「もうっ、そうじゃなくて」

藍花は蓮羽の胸もとをこぶしでとんとんと叩《たた》いた。

「泣く必要なんてないの。あなたは公主さまに対して、泣いてさしあげられなかったと気にかけているわ。そうやって、その人のことをいつも胸のどこかに置いておくほうが、相手にとっては、泣かれるよりもずっとうれしい心づかいのはずよ」

「心づかい？」

「ええ。あなたは公主さまにちゃんと心づかいができてる。ほっとしたわ」

「なぜ、おまえがほっとする」

「え？　だって……」

ちょっと答えるのが、気恥ずかしいのだが、ねと思って」

「……そのぅ、そんな気持ちが持てるなら、あなた、変態だけど、根っからの悪党じゃないの

「………」

　すると蓮羽はふと視線をそらし、左手で右肩をさすった。以前もしていたが、彼の癖なのかもしれない。なにを考えているのだろう、いや、なにも考えていないような、そんな面持ちだった。ひょっとして、これがこの人の素の表情なのかと藍花が思っていると、蓮羽はふたたび藍花を見る。うっすらなにかを企《たくら》んでいるような笑みを張《は》り付けていた。

「なら、おまえだって当然うれしいのか」

「なんで私がうれしいのよ」

「胸のどこかに置いてくれるのが、相手にとってはうれしいんだろう？　なら、おまえのことも俺の胸のどこかに置いておくことにしよう」

「はぁ？」

　揚げ足をとられてしまった。まったくこの男は油断も隙もない。

「そ、そんなのさっさと追いだすのよっ！」

「さあて困った。追いだしかたがわからなくてね」

「し、知らないってばっ。さようならっ」

　藍花はあわてて立ち去ろうとしたが、引き止めるように蓮羽に抱きすくめられていた。

「……どうしてくれる？　俺の胸に居ついたみたいだ」

「う、嘘ばっかりっ」

耳に降る彼の声はほろ甘く。けれど、これだって絶対にいつものやり口だ。ふり返ったら、ほくそ笑んでいるのだとわかっているのに、藍花の鼓動はくすぐったい早鐘を打つ。

「……責任とってくれないか。今夜」

「来ても、侍童のアルアル防壁で玉砕だからねっ」

「残念。だったら……今しかないのか」

「今って、やっ、ちょっと……っ」

蓮羽の両腕が藍花をやんわり締めつけた。まさか、ここで責任をとらせるとでも――？

（いや――っ。それじゃあ、ど変態どころか、真性の変態じゃないのっ！）

その時。だれかが駆けつけてくる気配がした。蓮羽がふと腕をゆるめたので、藍花はあわてて東屋の外まで逃げる。駆けつけてきたのは黎春だった。

「公主殿下っ！」

黎春は藍花を庇うように前に立つと、ふたりのあいだにただよう妙な空気を詮索《せんさく》するような厳しいまなざしをした。

「殿下、この男となにかございましたか」

えっと、あのぅ、と藍花が言いよどんでいると、

「あんた無粋だな。俺たちの役目を知っていて、それを殿下の口から言わせるのか？」

「そなたっ、いくら殿下の寵愛《ちょうあい》を受けた者でも、過ぎたるばあいは処罰の対象にっ」

しかし、蓮羽が処罰されれば、道連れに藍花が偽者だと明かしかねない。藍花はまずいと思い、すかさず黎春の腕にすがって止めた。

「い、いいのよっ」

「されど殿下っ」

「わ、私のせいなの。私が長いこと彼らに顔を合わせなかったから、き～っと、みんな不満がたまってるんだわ。今回はだけは大目に見てあげて。ね、ね、ね、ねっ」

言いわけを並べて、黎春を東屋から引き離した。さりげなくふり返ると、蓮羽はさっきまでのやるせなさはどこへやら。笑顔で手を振っている。

（……あの真性変態っ。さては私をからかったわねっ）

◇

藍花は黎春とともに桃仙殿に戻る。彼女が髪の結い直しと着替えを終え、居室に行くと、黎春が侍童たちにさせたのか、部屋の雰囲気が少し変わっていた。側仕《そばつか》えになって間もない彼らと偽桃仙公主の藍花では、それまで適当にすましていたところもあったのだが、調度品の位置があらためられ、沈香が炷《た》かれると、部屋の気品がいちだんと増した気がする。

さらに円卓にはお茶と菓子も用意してあった。茶は薄荷《はっか》を入れて煮立てたもので、心身ともに疲れた今の藍花をすっきりとさせてくれる気のきいた選択だ。菓子は渦巻き状の蒸し菓子や、胡麻《ごま》をまぶした揚げ菓子、花形の餡《あん》入り菓子など、取りそろえにもそつがない。

菓子と茶を口にした藍花がほっと一息をつくと、かたわらで黎春が「……もうしわけございません」とこうべをたれた。

「あら、こんなによくしてもらって、謝られちゃ、私のほうがもうしわけないわ」

「いえ。わたくしがもっと早く殿下を庭にお迎えにいっていれば、先ほどのようなご不快なことはなかったはずですから」

詫《わ》びる姿さえも、この人はつくづく美しい。

男仙だったのもなるほどとうなずけた。こんなに尽くしてくれるのは、亡き桃仙公主となにか関係があったからかしらと、藍花は少女っぽい好奇心に駆られる。黎春が桃宮にいたのは、たしか、まだ桃仙公主が即位したばかりの頃だ。彼が十八くらいで、桃仙公主が十。兄妹《きょうだい》みたいな間柄？　それとも淡い初恋みたいな気持ちがあったとか？　だが、そうなると、彼が男仙を辞して、呉《ご》家に戻った理由もちょっと気になった。

「ねえ、宰相」

「政務以外の時は黎春でけっこうですよ」

円卓に置いた手に彼の手がそっと重ねられ、藍花はわっと手を引いてしまう。

「あの、さ、宰相。あなたどうして呉家に戻ったの？」

「……他の男仙たちから嫌がらせを受けました」

黎春は形のよい眉《まゆ》をひそめて打ち明けた。この抜きんでた美貌《びぼう》では嫉妬《しっと》されたのだろうか。

「それで桃宮の秩序が乱れるからと出されることに。幸い父の正妻――わたくしは妾腹《しょうふく》ですので、義母にあたるのですが、そのことを知って、いたく同情してくださり、本家に引き取ってくださいました」

その後、正妻腹の兄ふたりが立て続けに病死し、彼が呉家の継嗣となったという。

「あのご温情がなければ、わたくしは出家して、今ごろは仙寺にいたでしょうね」

「仙寺に……」

君主の祖が仙母の血を引くとされる金崙《こんろん》では、仙道が信仰の対象となっていた。だが、その修行の場である仙寺の生活はかなり厳しいと噂《うわさ》で聞いている。仙寺の多くはけわしい山中にあり、一度門をくぐれば、里にも下りられない。それこそ、人であることを捨てるような過酷な毎日を送るというから、免れた黎春はずいぶん幸運だったと言えるだろう。

「しかし二年前の男仙の入れ替えで、桃宮も乱れてしまった感があります。先ほどの者の態度といったら。もしや、わたくしが残っていればと、恐れ多いことを思ってしまいますが……」

「なに言ってるのよ。本家に入れたのよ。ありがたいことじゃない」

藍花は宗仁に見返られなかった自分の身と照らし合わせて、心からしみじみと言う。

「そうですね……」

黎春は相づちを打ちながら、どこか未練のあるような魅惑的なまなざしを一瞬した。それが亡くなった公主に対してとわかっていても、藍花はどぎまぎしてしまう。

「それよりも殿下、禅譲が近いからといって、気の合わぬ男仙相手にご無理はなさらないでください。なんでしたら、あなたさまにふさわしい男仙をあらたに……」

これ以上あの一団がふくれ上がるのはごめんだと、藍花は首を横に振る。

「い、いいの、いいの。もったいないじゃない。もし仮によ。私が禅譲で退位しても、彼らはここに残るわけだし、今より増やしたら、衣食住のお金がよけいにかかるわ」

すると、黎春はいぶかしげな顔をした。

「公財の浪費を懸念しておられるならご無用です。男仙たちはここに残らないのですよ」

「じゃあ、どこに？　ま、まさか、私についてくるとか？」

「いいえ。禅譲であるないにかかわらず、殿下が退位されれば、彼らは仙寺において出家するという掟《おきて》がございます。――ただし、ある条件の男仙を除いてですが」

「……ある条件？」

――公主殿下とお子さまをもうけることができた男仙です。

六、罪の烙印《らくいん》

その夜、寝支度を終えた藍花《あいふぁ》の髪を櫛《くし》で梳く侍童《じどう》に、藍花がふと心配そうに尋ねた。

「ねえ、あなたたち侍童は、私が退位したらどうなるの?」

「次の公主さまにお仕えするアルよ。ただ十二になったら、侍童はお側《そば》を離れて、家に戻らないといけないないアル。ボクは今年いっぱいで終わりアル……」

侍童はうるうると涙目でうつむき、落ちこんだが、突如、「そうだっ」と希望を見いだしたように顔をあげ、笑みを浮かべた。

「男仙《だんせん》になればよいアルね。そしたら、またここに戻ってこれるアル。男仙に選ばれるよう、がんばって男を磨くアルから、公主さま、それまでお待ちくださいアル」

どうやらこの侍童は男仙たちの行く末を知らないらしい。「だ、だめよっ」と藍花はあわてて彼のこころざしをたしなめ、ぎゅっと抱きしめた。

「だ、男仙なんて、あ、あなたにはぜったいにおすすめできないわ」

「どうしてアル? もしかして、ボクの顔、そんなに残念な出来アルか?」

侍童がさっきよりもよけいに落ちこんでしまったので、藍花は、男仙は男仙で大変そうだからとごまかし、彼をなぐさめた。

侍童が退出する際、藍花は彼にこう言いつけておく。

「あ、そうそう。いつもと同じで、私の許可なしにはだれも部屋に入れないでね」

蓮羽《れんう》の夜這《よば》い撃退のためだった。そして藍花は眠りについた。

◇

――深夜。

「う……ん……？」

藍花は夢うつつの中、ぎしりと寝床が人の重みで沈みこんだ気がした。寝返りを打つと、たしかに人に触れる感覚があったので、どきっとして目覚める。

「おや、お起こししてしまいましたか」

男の声だったので、もっと驚いた。跳ね上がるように身を起こすと、寝台の端にだれかが腰かけ、こちらをじっと見ていた。目をこらすと、その男の顔がようやくわかり、

「と、冬星《とうせい》っ!?」

「お見知りいただきありがとうございます。しかし残念です。僕としては今少し殿下の寝顔を拝見いたしたかったのですよ。ほら、ここにも書いてあるでしょう。『子曰《しいわ》ク、夜這イハ襲フ

ベカラズ。先ズ相手ノ寝顔ヲ堪能セヨ』と」

夜這いの醍醐《だいご》味《み》を慇懃《いんぎん》に語りつつ、冬星は愛読の『恋語《れんご》』を開いて見せるも、藍花はぐいっと押し戻した。それよりも訊《き》きたいことがあった。

「ど、ど、どうしてここにいるのよ」

「もちろん殿下にお招きいただいたからです」

（お招きしてないし……）

だいたい侍童はどうしたのだろう。緊急のため、深夜も交代で起きているはずだ。確かめようと、寝床を出ようとした藍花の腕を、冬星がはっしとつかんで引き止めた。

「なっ」

「ご無礼をお許しください。されど先人の知恵が僕を突き動かすのです。『子曰ク、夜這イヲ成シ遂ゲント欲スルナラバ、敢《あ》エテ相手ヲ逃ガスコトナカレ』と……」

要するに狙《ねら》った獲物は逃すなということで、しかし所詮《しょせん》は冬星、と言っちゃ失礼だが、どうせ机上の恋愛論しか頭にないようだから、力技でなんとかなるはずと、舐《な》めてかかった藍花が甘かった。

「ちょ、ちょっと、それは後回し」

と、冬星の手を振りはらおうとしたが、なぜか藍花の力はすかされる。彼が手先を藍花の目の前にかざすと、藍花は見えない空気の壁に押されるように寝台にあお向けに倒れ、動けなくなってしまった。

（……な、なによ、これ）

「ふ、いかがです。僕の閨房術《けいぼうじゅつ》は」

冬星が陶酔するように言った。

「閨房術って……あなたっ」

飛猿《ひえん》が以前が教えてくれた閨房術の達人の話が頭をよぎった。あれは蓮羽ではなく、まさか冬星のこと――？

藍花は体をもたげようと、うんうん気ばるが、背中が寝床に張り付いたようになって、いっこうに離れない。

「無駄ですよ。我が閨房術は最強。無敗の冬星として、地元では恐れられておりました」

そりゃ、こんな方法で寝込みを襲われたら、恐れられるに決まっている。

「というか、こんな閨房術、ありなわけ？」

「はてさて、どうなのでしょうか。この技は我が生家にございました蔵書から身につけたものです。僕は幼い頃《ころ》から、宮城で官吏を務める父の跡を継ぐべく、猛勉強を強いられ、あらゆる書を与えられていたのですが、父がこれだけはけっして開いてはならぬとさとしていた本がございましてね」

冬星の父よ。我が子に読ませたくないのなら、さとす前にまずはその本を隠しておけと言ってやりたい。

「それは、いにしえの金崙《こんろん》の大仙人が書き記したという書で、仙術の封印がかかっており、読もうにも読めぬはずのものでした。ところがその封印にも唯一の弱点があったのです。太陽と月が重なり、中原《ちゅうげん》に闇《やみ》を落とす蝕《しょく》のわずかな時間のみ、仙の封印が解ける。僕が十五の時、その好機は訪れ、僕は好奇心にかられ開いてしまった。禁断と戒められた書――『桃仙閨房術大全陰之巻』をっ」

大仰に言って、冬星は藍花の腰帯に手をかける。その舞うような動きが妙に華麗で、藍花はうっかり見とれそうになったが、いけないいけないと自分をさとした。そんな彼女を見すかしたように、冬星はふっと笑う。

「素直に術に身をゆだねればよいのです。申しましたでしょう。無敗だと。これまで老若男女を数知れず落としてまいりましたが、ご満足いただけたという感想を続々と。ああ、もちろん個人の意見ですので、すべての方々への効能をお約束するものではございませんが」

「怪しい物売りと同じこと言ってるんじゃないわよっ」

「さて、閨《ねや》の睦言《むつごと》もここまでにいたしましょうか。これからが本番です――いざ、殿下、狂おしいほどの官能の世界の果てへ、僕が華麗にお連れいたしましょう」

言葉はふざけているが、腰帯がしゅるるとほどかれると、藍花は貞操の危機を実感して、背筋が凍った。もがきながら、なぜか蓮羽のことが胸をよぎる。

（あの変態色男っ。こういう時に限って、いないんだからっ）

こうなりゃ、自分でなんとかするしかない。冬星の顔が近づいてくると、噛《か》みついてやろうと藍花は気構えたが、ふいに彼はひらりと跳躍し、寝台から離れた。背後からの攻撃を察知したのである。

手刀をかわされ、ちっと舌打ちする蓮羽の姿が藍花の目に映った。

「蓮羽！」

「来てやったぜ。こういう時のための、俺《おれ》だろ？」

まるでこちらの心の声を聞いていたかのように言われ、藍花は顔を真《ま》っ赤《か》にしながら、「るさいっ」と悪たれ口を返す。

蓮羽は冬星に挑戦的なまなざしをふり向けた。

「仙王《せんおう》を出し抜くとはいい度胸だ」

「ふっ、そちらこそ、我が閨房術を見くびってもらっては困りますよ。もちろん第二の男に割りこまれた時の撃退法も……」

自信満々に言い返し、間合いをとるべく寝室の入り口まで後退した冬星だったが、そこで、まさかの第三の男が背後から登場した。冬星がはっと彼に気をとられた隙《すき》に、蓮羽はすかさず寝床にあった陶器の枕《まくら》を投げつける。ごんと鈍い音がし、うっとよろめいた冬星が倒れそうになったところを、後ろにいた第三の男――飛猿《ひえん》が支えて……。

「なにやってんだ？　冬星《おまえ》」

「……ああ、飛猿。我が閨房術破れたりです。あとは君にすべてを託しましたよ……」

「なっ、もしや、おまえが例の達人……って、死ぬなっ。せめてオレにすべてを教えてから逝《い》けっ。冬星っ、いや、師匠っ、師匠ぉぉ！」

死ぬわけないだろと、蓮羽が近くにあった銀の水差しを投げて、冬星の頭にふたたびガツンと当ててやると、彼は気付けされたように目を開け、自立する。

そんなふたりのあいだに、藍花は怒ったように割って入り、

「ちょっとっ、どうしてみんな勝手に部屋に入ってくるのよっ」

すると、冬星と飛猿は逆に責められるのが不可解と言いたげに、きょとんとした。

「あれを持っていますよね、飛猿」

「もちろん。あれは忘れねえよ、師匠」

「あれ？」

いぶかる藍花の前に、ふたりが懐から「あれ」とやらを取り出して見せた。それは昼間藍花の髪を飾っていた桃花の造花だった。

「ま、まさか、この花を渡すことが謁見を許す印になるわけ？」

「夜の謁見ですよ。公主殿下、なにを今さら」

冬星がご親切に補足してくれたが、藍花は聞く余裕もない。ふたりを押しのけると、侍童た

ちのもとに急いだ。桃花は男仙たちにほとんどばらまいてしまったのである。

が、時はすでに遅し。居室に駆けこんだ藍花はあわわとなった。

「わあっ、押さないアル、割りこみしちゃ駄目アルよっ」

「急がなくてだいじょうぶアルって。夜はまだまだ長いアル」

夜の謁見にやってきた大勢の男仙たちが、居室の入り口に押しかけ、侍童たちが眠い目をこすりながら、彼らの整理にてんてこまいしていたのである。

藍花が姿を見せると、男仙たちの注目がいっせいに彼女に集まった。とたんに彼らは侍童たちをも突破して、どやどやと藍花に迫り、桃花を差しだしてくる。しかも背後から冬星と飛猿が駆けつけてくると、もう彼女に逃げ道はなかった。

「「「「公主さま！　どうか夜の謁見を！」」」」

春長官と秋長官にしてやられた。髪飾りを捨てろと指示したのは、このためだったのだ。

（あいつら～っ、減俸どころか、ただ働き決定よ）

男仙たちに囲まれ、藍花がおろおろしていると、今度は寝室から蓮羽が出てきて、男仙たちを威嚇するように、ドンッと壁を叩《たた》いた。一瞬、気圧《けお》された男仙たちだが、多勢で強気になっているのか、「仙王も桃花を見せろっ」とまた派手に騒ぎだす。すると――、

「おまえら、これが目に入らないか」

蓮羽が懐から取りだしたのは、なんと藍花が見たこともない金の桃花だった。

男仙たちはうおっとまぶしそうに目を細める。

「あ、あれが噂《うわさ》に聞く仙王だけに与えられる黄金の桃花……」

「永久夜這い許可証ってやつか。初めて見た。さすが格が違う」

「黄金がなんだ。オレたちの愛の輝きのほうがまぶしいぜっ」

と、彼らも負けじと団結すれば、蓮羽への罵声《ばせい》で盛りあがった。

(なんなのよーっ！)

藍花はもうどうしていいかわからない。もとはと言えば、桃花を無節操にばらまいてしまった自分の責任なのだが、彼女はとうとうたがはずれたように大声で叫んでいた。

「別煩我了!!（いいかげんになさいっ!!）」

その剣幕に男仙たちはしんと静まりかえる。彼らの無言の注目が藍花に集まる中、彼女は一拍置き、すうと深呼吸する。そして腹をくって宣言した。

「いいわ。だったら今夜は全員と夜を過ごしてあげる」

◇

というわけで、居室では男仙たちが藍花を囲んでの深夜の宴会がはじまった。

「さあっ、じゃんじゃん飲みなさいっ！」

藍花が煽《あお》ると、男仙たちはそれぞれに酒壺《さかつぼ》を手にとって、杯につぎ、ぐいっと飲み干す。酒はすべて厨房《ちゅうぼう》から拝借したものだ。時はすでに丑刻《うしのこく》、侍童たちはとっくに就寝して、もはや起きているのは男仙たちと藍花だけだったが、これが意外に盛りあがり、そのうち彼らはかわりばんこに一芸を披露しては、皆でやんやと喝采《かっさい》するようになる。

「細かすぎて伝わらない物まね、その一——桃宮の門扉で指を挟んだが、同行の呉黎春《ごれいしゅん》官長に気づかれたくないので、腫《は》れた指を髭《ひげ》の中につっこんでごまかす雷豪栄《らいごうえい》官長」

と前置きして、男仙のひとりがその仕草と声音をそっくり真似《まね》れば、他《ほか》の男仙たちが馬鹿《ばか》うけしている。

藍花もきゃらきゃらと笑い、新しい酒壺に手を出そうとするが、横からすっと蓮羽が取りあげた。

「いいかげんにしろ。おまえ、酒を飲んだことないだろう」

「ええ、それがなにか?」

桃の形をかたどった杯を手に藍花はふり返る。すでに酔いが回っているのか、頬《ほお》がほんのり赤く、普段ならぜったい蓮羽に見せないであろうかわいい笑みを浮かべて、彼によりかかったので、蓮羽はやっぱり思い直して、彼女の杯にぐびぐび酒をついでやる。

飛猿がふたりのあいだに首をつっこんできた。彼も酒で気が大きくなっているのか、蓮羽にぐいっと杯をつきだし、

「いよぉ、仙王さま、オレにも頼むぜ」

「いいだろう。貴様には最高のをついでやる」

と、蓮羽がさりげなく壺《つぼ》をすり替え、杯についだ。飛猿がそれを一気にあおると、とたんに、ぶっとむせるように吹き出した。

「ぺっ、なんだこりゃっ。酢じゃないかっ」

「消毒だ。汚い手で殿下に触れられては困る」

「てめっ」

蓮羽に詰めよろうとした飛猿だったが、きゃっきゃと笑う声がした。白猿のヤンが彼の肩口でからかうようにおどけていたのである。飛猿がむっとにらみ、ヤンのおでこをぴんとはじくや、たちまち鼠《ねずみ》の姿に変じ、床を走りまわったので、藍花は目を丸くした。

「あんなことできるの？」

「ヤンにだけは術が効いてね。ただし効き目は数分。オレが仙寺で唯一習得した術だ」

藍花は飛猿が仙寺にいたということに驚いた。

「飛猿、あなた仙寺にいたのね」

「ああ。生まれは砂漠の小国さ。これでもいちおう国主の息子なんだぜ。でも戦で滅んじまって、子どもだったオレとヤンは隊商に拾われた。で、十三の時に、今度は砂嵐《すなあらし》で隊商とはぐれて、仙寺に世話になることになったんだ。でも、こっそりヤンを飼ってることがバレて、寺をとんずらして……ま、厳しいだけで、おもしろくもなんともない場所だったから、ちょうどよかったんだが——その頃、男仙募集の話を聞きつけて、ここに来たってわけで」

藍花は酔いでかなり涙もろくなっていた。飛猿の話に「まあ…」と同情し、じわりと目をうるませる。

「じゃあ、仙寺に戻りたくなくて、桃宮に来たのね」

「おっとそれはちがうぜ。せっかく金崙一の小姐《お嬢さま》と恋させてくれるってんだ。これを逃したら男がすたるってもんだろ」

「なんて前向きなの」

藍花が感動したように飛猿の手をぎゅっとにぎれば、彼もにぎり返し、調子に乗って、「恋こそ、男の人生さ」などとくさい言葉に拍車がかかる。そんな飛猿の頭に蓮羽が背後からどぼどぼと酢をかけていたが、飛猿はのぼせあがっていて、気がつかない。

ふたりのやりとりをうらやましそうに見ていた冬星が、すかさす藍花に近寄って、今度は己の身の上を打ち明けた。

「ああ、公主殿下、僕の話も聞いてください」

「ええ、いいわ。聞いてあげる」

「僕は代々高官を務める家に生まれたのです」

「そうね。あなたはたしか官吏を目指していたはずなのよね。なのに、どうして桃宮に入ってきたの？」

「実は母が早くに亡くなって、長らく独りだった父が再婚し、僕が十六の時に異母弟が生まれたのです。継母がどうしても我が子のほうを跡継ぎにしたいと父に言ったものですから、僕は他家に養子に出されることに。ところが継母は、優秀な僕が他家から官吏になれば、我が子の出世の妨げになると恐れたのでしょう。父には僕が男仙になりたがっていると嘘《うそ》を吹きこみ、僕を官吏の道から外すために桃宮に入れたのです」

継母の勝手さに藍花は眉《まゆ》をひそめた。

「ひどい話ね。あなたも官吏の道を断たれて、悔しいでしょうに」

「いいえ。『子曰ク、恋ヨリ難《かた》シモノハ無シ』——恋を極めるのは、官吏の務めを極めるよりも難しいこと。ましてや公主殿下との恋は、六卿《りくきょう》よりもなり難し。あなたさまと恋できるのならば、官吏の地位など惜しくはありません」

「なんて一途《いちず》な心がけなのかしら」

この話にも藍花はいたく感動して、冬星の頭を抱えるように引き寄せ、てっぺんをなでなでしてやる。

他の男仙たちからは「いいな」「いいな」という声があがり、彼らもこぞって藍花のほうに寄り集まり、己が切実な身の上話を語りだした。皆がいちどきにしゃべるものだから、藍花がすべて聞きとれていたかは怪しいが、日出ずる国の某太子よろしく、彼女は首をあちらこちらに向けては、理解したようにうんうんといちいちうなずいていた。

やがて藍花と男仙たちの間に一体感が生まれてくると、ふいに彼女は桃の杯をぐいっと飲み干した。酔いが極まったか、すっくと腰を上げ、男仙たちの中央に立つと、男仙心得三カ条を声を高らかにして唱えた。

「剛健《カンチェン》！　美貌《メイマオ》！　妖媚《ヤオメイ》！」

男仙たちがこぶしをいっせいにつき上げて呼応する。

「「「剛健《カンチェン》！　美貌《メイマオ》！　妖媚《ヤオメイ》！」」」

藍花は彼らを見回して叫んだ。

「あなたたち、恋がしたいわよねっ！」

「「「是《はい》！」」」

「それとも、仙寺に行きたいっ？」

「「「不《いいえ》！」」」

男仙たちの切なる訴えを、藍花はじーんと涙目で受け止めていた。ただひとり蓮羽だけが冷ややかにそれをながめていると、藍花は酔った顔でにこりと皆に笑いかけた。

「ようし。今夜は景気づけよ。私の故郷の豊蘭《ほうらん》の踊りを特別に……」

――え？　故郷の豊蘭？

男仙たちがきょとんとなったので、蓮羽は「あの馬鹿…っ」とあわてて走りより、藍花を抱きしめた。

蓮羽がとっさの口づけで藍花の声を消せば、男仙たちはうおっと息をのむ。泥酔の藍花はされるがままで、蓮羽はわざと周囲に見せつけるように、長々と濃厚に唇を重ねる。

だが、けっして淫靡《いんび》ではなかった。むしろ美しかった。酩酊《めいてい》して力なく背をしならせる桃仙《とうせん》公主《こうしゅ》の肩を抱き、その唇を奪う仙王の図は、まるで桃宮の憧憬《どうけい》の一場面を見せられているようだったのだ。男仙たちはただただ無言でふたりを見守った。

蓮羽はようやく唇を離したあとも、情熱的なまなざしはそらさない。

「……おいたは終わりだ、殿下」

ほとんど前後不覚におちいっている藍花が、「ふぁ?」と鼻から抜けた奇妙な返事をすると、蓮羽は男仙たちにふり返る。

「これからはふたりだけの時間だ。帰ってもらおうか」

そう言うと、ばさりと上衣《うわぎ》をひるがえして、藍花と自分を覆い隠し、ふたりだけの世界を作った。もはや他の男仙たちが入りこむ余地はない。彼らはいっせいに敗北感を覚えたように威勢を失い、この時ばかりはおとなしく引き下がったのだった。

◇

蓮羽は藍花を抱きかかえて寝室に運ぶと、寝台に横たえさせる。その揺れで、藍花はぼんやりと目覚めたのだが、むくりと起き上がるや、両腕を蓮羽の首にからめた。

「さあ、子るくり《作り》の時間よ」

いまだ泥酔のまっただ中でろれつが回っていなかった。蓮羽の首にからまった腕はそのままに、ふたりは重なりながら寝台に倒れ込む。蓮羽は躊躇《ちゅうちょ》なく彼女の腰帯に手をかけた。

「おまえが言いだしたんだ。いいんだな」

「れもね、一晩で作っちゃっれよ」《でて》

そう言って、藍花は彼の首にからめた腕に力をこめる。顔をぐっと引き寄せると、据わった目でにらみつけた。

「こっちはこれから百人生まらきゃならない《な》んだから。百人！」

「百人？」

「飛猿らち《た》を仙寺に行かすわけにはいからいれ《なで》しょーが」

「……ちっ、そういうことかよ。だれに聞いたんだか」

蓮羽は興ざめしたようにぼやき、藍花の腕をほどいて身を起こしたが、彼女は執拗《しつよう》に食いつき、また腕をからめてきて、

「なによ。わらし《わたし》とじゃあ、子作りできないわけ？」

「他の男仙《おとこ》どものことで頭がいっぱいの女を抱けるとでも」

「よく言うわ。あらただって《あなた》、結局は仙寺に行きたくないだけのくせにぃ」

と、くだを巻きながら、ついには蓮羽の胸もとにすりすりと頬を寄せる始末で、

「早くしらさい《な》。夜が明けちゃうれしょーが《で》」

蓮羽はやれやれと吐息をついた。

「だったら、その回らない舌をどうにかしてくれ。雰囲気がぶちこわしだ。それと――」

彼は藍花の腕をやんわりとほどいて、彼女をそっと腕の中に囲う。

「――せめて恋したふりぐらいしてみようじゃないか。でないと朝を迎えた時、お互いにむなしいだけだ」

「恋すたふり《し》?」

うつろな目で見上げてくる藍花に、蓮羽はこつんと額をくっつけ、口づけするほどの近い距離で甘くささやいてみせた。

「好きだ……」

「……あら奇遇ね……わらす《わたし》もあならが好《た》きよ」

藍花はつられるように返す。

「おまえが他の男のものになるなんて耐えられない」

「蓮羽が他のおろこ《と》のものになったらたーいへん」

「今、おまえをここで俺のものにしていいか」

「いつでも好きにしれ《て》……」

「本当に？」

「どうぞ、どうぞ……」

と、言ったあと、藍花は急に無言になった。ゆるやかに酔いが覚めてきたのだ。頭をぐるぐると巡るのは、宴会の時から今までの小っ恥ずかしい記憶のあれこれ。宴会の締めくくりが蓮羽との濃厚な口づけだったことまで思いだし、わなわなと口もとを手で押さえた。

「……わ、私の初めてが」

「美味だったぞ」

「！」

藍花はひっと蒼白《そうはく》になると、半身をねじって、蓮羽から顔をそむけた。

「だ、駄目っ。なかったことにしてっ」

「なにを今さら。こっちはしらふになるのを待ってやったんだ。これからが俺の本気だ」

蓮羽は藍花の肩に手を置き、自分のほうに向かせようとした。しかし、いつもなら牙《きば》をむいて拒むはずの藍花だが、妙にもうしわけなさそうな顔をして、彼の手をそっと押し返すだけだった。

「……仙寺に行かされるのね。みんな」

ぽつりとつぶやく。

仙寺に行きたくない――彼らの恋の原動力はそれだったのかもしれない。たとえ、そうでも、藍花にうんざりした気持ちは湧《わ》いてこなかった。むしろ彼らの行く末が気がかりでしょうがない。

「あいつらは、そのことを覚悟で男仙になったんだ」

蓮羽はそう言うが、

「公主さまと恋ができるからこその覚悟でしょう」

藍花は言い返した。男仙の役目が果たせてこその覚悟ではないのか。彼らは二年前、宗仁《そうじん》が身代わり計画で集めた、数合わせのためだけの男仙。はなから仙寺に行かされることが決まっていたようなものなのだから、あまりにもひどい。

「もういい。他の男のことは考えてくれるな」

「あのねえ、あなたのことでもあるのよ」

「なら、抱かれてくれればいいだけだ。嘘でもいいから、恋した目で俺を見ろ。そうしてくれたら、俺はおまえを夜ごと歓喜に導いてやろう。それができないなら、悪女の顔して『おまえのことなどどうでもいい。金が欲しいだけだ』と非情になじってくれたらいい。なら、俺はおまえを子を産ませる器として扱うだけだ」

「あなただけよければいいわけ？」

「ったく。面倒くさい小姐《お嬢さん》だ」

蓮羽はあきれた笑みを浮かべ、藍花の肩から手を離す。その手で自分の右肩をさすった。彼がよくする仕草だ。やはり癖なのだろうかと、藍花が見ていると、はだけたえり元から黒い刺《いれ》青《ずみ》のようなものがちらちらとのぞいていることに気づいた。

「それは?」

指摘され、蓮羽は気まずそうに舌を打つ。聞こえぬふりをし、えり元を引いて隠そうとしたが、思い直したのか、ふと手を止めた。

「……ちょうどいい。おまえに見せてやる」

言うなり、蓮羽は上半身をすべてはだけた。均整のとれた男の裸身を間近に見て、藍花は視線をそらしそうになったが、刺青の正体にはっとなる。蓮羽の右肩から肩胛骨《けんこうこつ》にかけて、翼を広げて逆さにされた妖鳥《ようちょう》と、その翼に絡みつく茨《いばら》が赤で描かれ、薄闇《うすやみ》の中、呼吸のような間隔で微光を明滅させていたのだ。

(……大罪の烙印?)

金崙の象徴のひとつである妖鳥が逆さなのは、仙公主の慈悲に反したという意味だった。殺しや反逆などの極刑にあたる悪行をおかしながらも、情状をくんで死罪を免れた者。また子どもはどんなに罪が重くても死罪にはならない。しかし、それと引き替えに彼らは永久に消すことのできない罪の烙印を、仙術によって体に残される。

幼い頃、夕闇に紛れて水浴びをする近所の男の背に、この烙印があるのを、藍花は見たことがあった。家に帰って、祖父に話すと、大罪の烙印だから、それを持つ者にはけっして近づくなと、嫌悪感をあらわにさとされた。しかも、そのことがあってから、祖父は男とは疎遠になった。それまで親しく口を聞いていたのに、男が祖父になにかをしたわけでもないのに、どうしてなのだろう、と小さな藍花は納得できなかった記憶がある。

藍花が刺青にそっと触れると、彼の肩がぴくりとわずかに動いた。烙印を真顔でじっと見つめる彼女に、蓮羽はいぶかしげに問いかける。

「知らないのか？　これの意味を」

「知ってるわ。大罪の烙印でしょう？」

「………」

「どうしたの？」

「俺が罪を犯したという印だ。たいていの奴《やつ》はそんな顔をしないから」

「だったらどんな顔をしたらいいのよ。あなたがなにをしたかも知らないのに。まずはそれからでしょうが」

藍花はいたってまじめに言ったつもりなのだが、蓮羽はかすかに虚を突かれた顔をし、そして苦笑する。

「なによ。あなたのその顔のほうがわけがわかんないわ」

「いや。おまえは……おもしろいな」

「だから、あなたにこの烙印があるわけを教えなさいってば」

藍花にせっつかれ、蓮羽はおかしそうに肩をすくめる。しかし、このあと、彼の口から最初に飛びだした言葉はけっしておかしいと言えるものではなかった。

「――桃仙公主の魂割《たまわ》れなんだよ。俺は」

藍花はことの重大さを呑《の》みこむのに、しばし時間がかかった。

「は？　魂割れって。え？　じゃあ、まさか」

魂割れとは、母から同時に生まれた、つまり魂を割って誕生したという意味で、

「あなた、亡くなった公主さまと双子ってこと？」

「ああ。宗仁からはそう言われている」

あまりにも突拍子もないことで、藍花はやはりすんなりとは呑みこめない。

「公主さまに双子がいるなんて、だれも言ってないじゃない」

「魂割れとして生まれれば、たとえ女子でも継承権を失う。仙母の魂を継ぐべき者が、割れた魂では不完全とみなされるからなんだ。だとしたら、あの権力欲の塊みたいな宗仁がどんな手に出るかは、おまえでも想像できるだろう」

そう問いかけられ、藍花はすぐに答えが出てきた。

「もしかして……あなたを生まれなかったことにしたの？」

「そうだ。宗仁は俺の出生を隠し、表向きには女子ひとりだけの誕生とした」

蓮羽は隠密に桃宮を出され、宗仁の知己《ちき》の領主に預けられたという。

だが、藍花にはまだわからないことがあった。

「それがどうしてあなたの罪になるのよ」

「宗仁からすれば忌々しかったんだろうさ。本来なら赤子の時に始末しておきたいものを……宗仁《あいつ》は案外迷信深いみたいでね、魂割れの俺を始末すれば、片割れの女子にも害が及ぶのではと及び腰になったんだ。ある意味、俺はあいつの生涯消せぬ汚点だ。その腹立たしさを罪という形に変えて、俺にこれを入れたんだ」

しかも烙印を持つ者は生涯日陰の身でしか暮らせない。双子の存在を公にしたくないということでも、宗仁にとっては都合がいいものだったのだろうと蓮羽は言う。

「物心ついた時には、烙印は肩に刻まれていた。十八までおまえは宗仁の庶子だと、母親の犯した大罪のせいで烙印があるのだと信じこまされていた。養父の領主もそれを信じていたから、俺はあそこでは肩身が狭かったよ。大罪をおかしたという架空の母親を恨んだり、宗仁や養父に認められたくて、自分でも気持ち悪いほど物わかりのいい子どもを演じてみたり、逆に反抗して屋敷を飛びだしたり……」

そういう時は、宗仁の息のかかった連中に連れ戻されて、気絶するまで鞭《むち》を打たれるのだとか。蓮羽は己の不遇を話しているはずなのに、時に思いだし笑いさえする。

「そのうち、どうでもよくなって。だれかに媚《こ》びることも刃向かうこともやめた。そして宗仁が桃仙公主の身代わりを企《たくら》んだことで、ようやく本当の身の上を知らされた。この烙印の本当の意味も。驚いた。俺が生まれたことじたいが罪だったとは。あいつが桃宮に引きこんだ偽の桃仙公主に子を身ごもらせるよう命じられ、二つ返事で引き受けたさ。そうすることで、誕生が罪だというこの烙印から解放されるような気がした。だったら、どんないけすかない女でも抱いてやろうと思った」

「……」

藍花は返す言葉がなかった。蓮羽と目が合うと、彼は藍花の心情を見すかしたように、薄い笑みを浮かべている。

「な、なによっ」

「思ったとおり、やっぱり同情してると思って」

「まさか、そのつもりで刺青を見せたわけ？　ず、ずるいわよっ。こんな話で人の気持ちにつけこむなんて」

「ということは、同情してくれてるんだな」

「っ」

「隠しても今さらだ。さんざん俺の前でお人好《ひとよ》しなところをさらしてきたくせに。ずるいと、罵《ののし》りたければ、罵ればいい。こっちはどうでもいいのさ。おまえを落とせればな」

そう言われれば、ぜったい落ちるものかと藍花はむうっと息巻き、

「ふ、不幸自慢なら私も負けないわよ。こっちだって十年以上、貧乏にさいなまれてきたんだからね。蓮羽、あなた、給金をはずむから犬の世話してくれって、金持ちの家に行って、十四以上の大型犬に嚙みつきまくられて、高熱で十日間うなされたことある？　母さんが行きずりの人に勝手になけなしのお金をあげちゃって、取り返しに行ったら、逆ギレされて、鎌振りあげた男に町中追い回されたことある？　それからそれから……」

しかし、それ以上は出てこない。不幸話ならいくらでもあるはずなのに——。

「なんで……」

けっして蓮羽に落ちたわけではなかった。けれど不幸自慢なんて不毛な言い争いに勝ったところでうれしくなどないのだ。それよりも蓮羽をいたわる気落ちのほうが強かった。罠《わな》だとわかっているのに、彼の負ってきた傷に、藍花もまた傷ついたような心地になっていた。

「俺の勝ち？」

「るさいっ」

蓮羽が口づけてきそうになったが、藍花はふいっと顔をそむけて拒む。彼は強いてはこなかった。

「あ、あなたも馬鹿ね。同情してくれてるなんて、いやらしいこと言わなきゃ、もっと同情してあげたのに」

藍花は悔しまぎれで言い返す。だが、たしかにそうだった。お涙ちょうだいの身の上だけ話してればいいのに、どうしてわざわざいらぬことまで言ったのだろう。

本当は聞いて欲しかっただけなのではないのか。

だったら私はなんと返してやればいいのだろう。

藍花がそむけた顔を戻し、彼の本心をうかがうようにじっと見つめると、彼はこっちを見ているようで、見ていなかった。奥意を隠すような薄い笑みと、曖昧《あいまい》な焦点。左手がなにかを思うように、右肩の刻印のあたりをさすっている。

「私――」

藍花は唐突にあることを考えついた。蓮羽を見ていて、どうにかしなきゃと思ったのかもしれない。それに男仙たちも。もちろん藍花自身も。

「――決めた」

藍花は明るい声をあげていた。

「あなたたちを全員解放するわ」

そうだ。それがいい。私が退位しても、男仙たちは仙寺には行かなくていい――藍花自身が公主の権限でそう宣言してしまうのだ。

そうすれば男仙たちを出家させず、藍花もまた引退金が手に入る。

蓮羽はほんの一瞬驚いたように目を見開いたが、けたけたと今までで一番笑った。無茶だと言いたいのだろう。

「本気か？」

「ほ、本気に決まってるでしょう」

「先例のないことだぞ」

「わかってるわよ」

ましてや自分は偽者だ。だが、藍花にもまた曲げられない気持ちがあった。

「私はお金を手に入れる。あなたたちだって幸せにならなきゃ」

「幸せ？」

「そう、蓮羽も幸せになりたいでしょう？」

当然、うなずくと思って尋ねたのに、

「……おまえはやっぱりおもしろいな」

返ってきた答えははぐらかすようなものだった。

（……蓮羽？）

なぜだろう。幸せになりたくないのだろうか。

そんなことを考えていると、突然、隣の部屋でかたんと物音がしたので、藍花はびくんとなった。

なにかにけつまずいたような音だった。足早に出ていく沓音《くつおと》。侍童だろうか。いや、そのわりには重たい、大人《おとな》のような足音だ。

まさかこれまでの話を聞かれていたのでは。藍花は立ち上がって、隣室に確かめにいこうとしたが、その腕を剣呑《けんのん》な面持ちの蓮羽がつかんだ。

「俺が行く。おまえはここで待っていろ」

彼は脱いでいた衣を手早くまとい、寝台を下りて部屋を出ていく。しかし、しばらくしても戻ってくる気配はなく、藍花が隣室をのぞいてもだれもいない。

(……どこへ行ったのよ)

結局、藍花も蓮羽を追って部屋を出たのだった。

◇

藍花は夜着のまま歩廊に出た。こつこつ聞こえるのは夜警をする禁兵の足音だろう。遠ざかるのを待ってから、そろりと足音を消して先に進む。

とうとう桃仙殿の外に出てしまった。

今宵《こよい》は満月のはずだが、厚い雲に覆われて、あたりはよく見えない。不気味なほどに風がぬるく、さやさやと桃の枝葉が揺れる音がどれも人の気配に感じられて、彼女は目まぐるしく四方を見回した。

……がささっ。

「……蓮羽？」

枝のざわめきにまぎれて別の音を感じとり、ふり返ろうとしたが、背後からのど元に冷たい小刀が当てられ、藍花は凍り付いたように身動きができなくなる。

「……声を出さないでくれ」

知らない男の声だった。少しでも顔を見てやろうと、顔を動かそうとすると、刃がぐっと食いこんできて、

「た、頼むから、う、動くな」

なにやら声がうわずり、相手も焦っているようだった。

震える男の片手が藍花の胸に伸び、夜着を脱がせようとする。

「！」

悲鳴が出そうになった藍花だったが、どうっと鈍い音がして、男の手が彼女からはずれていた。ふり返ると、蓮羽が男を羽交い締めにし、草地に転んで格闘していた。男は意外にも禁兵だった。いや、扮装《ふんそう》をして忍びこんできただけかもしれないが、見ても、まったく覚えのない顔である。

「公主の命を狙《ねら》うとは、どういうつもりだ」

「ち、ちがうっ。本物かどうか、ただ頼まれて……」

ふたりはもみ合い、ごろりと回転して、蓮羽が男を草地に組み伏せる。

が、その時、夜陰を貫くように、銀の投擲刀《とうてきとう》がどこからともなく飛んできて、蓮羽の左肩を切り裂きながら通過した。

「……っ」

蓮羽が肩を押さえてうずくまると、その隙に男は蓮羽の腕をほどいて逃亡する。

「くそっ」

「蓮羽、待っ……」

藍花は彼の怪我《けが》を案じ、引き止めようとしたが、

「いいっ。おまえは部屋に戻ってろ」

蓮羽は早口に言い捨て、男を追って桃仙殿の裏手へと走っていく。

藍花は棒立ちになっていた。蓮羽も心配だったが、禁兵が先ほどもらした言葉が、彼女をさらなる不安にかき立てていた。


——本物かどうか、ただ頼まれて……。


あの男、藍花が本物の公主かどうか確かめるつもりだったのだ。しかも、頼まれたのだとしたら、いったい、だれが？

（……冗談じゃないわよ。こんな時に）

追い詰められた目で闇を見つめる藍花の目端に、黒い人影が映った。とっさに目で追うと、それは蓮羽たちとは逆方向に走っていって――、

（……え？）

投擲刀を飛ばしたのは、あの男なのか。折しも途切れた雲から月が現れ、男を照らした。男もまた禁兵だったのだが、一瞬とらえたその横顔に、藍花は息をのんだ。

「嘘……」

思わず声に出してつぶやいてしまう。

あれは――宗仁の使いだと名のり、藍花を豊蘭まで迎えに来た男ではないのか。

（……どうして？）

「――公主殿下？」

突然、呼ばれ、藍花はひゃっと飛び上がった。ふり返ると、黎春が真後ろにいた。冴《さ》え冴えとした月光が映し出す彼の美貌《びぼう》は、笑みの表情を形作っているものの、昼間とちがって、どこか空恐ろしい。

「ど、どうしたの、宰相」

「それはわたくしの台詞《せりふ》です。公主殿下のお館《やかた》が夜が更けても男仙たちの声で騒がしいと、わたくしの邸に連絡が入りましたので」

「わ、わざわざ屋敷から来たの？」

「殿下のおためですから」

そう言った黎春の声に、臣下のものではない微熱のこもった甘い響きがあった。

（……こ、この人、やっぱりまだ亡くなった公主さまのことを）

藍花はなんとなく黎春とふたりきりでいるのが怖くなってきた。

「あ……へ、部屋に戻るわ。心配かけてごめんなさい」

引きつった笑みを浮かべ、後じさりで、そろそろと距離を置く。くるりと背を向けて、足早に立ち去ろうとしたが、黎春の冷たい手が藍花の右手首をつかまえた。巧みに引きつけ、彼女の指先を自分の口もとに持っていくと、しっとりと唇に押し当てた。

朱に染まる黎春の唇から漏れる吐息だけは、やけに熱く藍花の指に絡み、藍花は反射的に振りはらっていた。

「おやすみなさいませ。寝室までお送りいたしましょうか」

「け、けっこうっ」

藍花は裏返った声で返すと、逃げるように桃仙殿へと走っていったのだった。

七、忍びよる刺客

翌朝、藍花《あいふぁ》はみずから桃仙殿を出て、金宮の政務室にはじめて入る。室内は豪華絢爛《けんらん》、椅子《いす》や机も、金や浮き彫りの装飾をほどこした贅沢《ぜいたく》な調度ばかりだったが、経年の感があるだけで、使いこまれた跡がない。代々の桃仙公主《とうせんこうしゅ》が国主としては尊ばれながらも、為政者としては形ばかりだったというのがよくわかる部屋であった。

藍花はそこに六卿《りくきょう》たちを招集した。昨晩の件もあり、藍花の緊張は並大抵のものではなかった。彼らの中にひょっとしたら、自分を偽者と疑う者がいるかもしれないのだ。しかし、臆《おく》したところを見せぬよう、姿勢をただし、国主らしく威厳のある口調で話しはじめる。

「男仙《だんせん》のことでお願いがあるのですが……」

自分の引退後の彼らの出家を廃止し、生家に戻したいと提案したのだが——、

「無理だ」

即却下したのは、豪栄《ごうえい》だった。

「せめて私の代だけでもどうにかならないの？」

「そういうのは一度許すと、殿下の代だけではすまなくなるんだよ」

豪栄だけではない。見回せば、六卿たち全員が難色の面持ちだった。元は男仙である黎春《れいしゅん》でさえもそうで、

「公主殿下。これはかりはわたくしもご賛同いたしかねます」

「侍童《じどう》は任期が終わったら、ちゃんと戻れるじゃない。なぜ、男仙は駄目なの？」

「男仙たちは公主殿下だけを愛することを誓って桃宮《ももみや》に入るのです。彼らが故郷に戻り、新たに妻を迎えるようなことになれば、それは殿下への裏切りとなりましょう」

「なら、あなたはどうなの？　継嗣としてなら、妻を持たないわけにはいかないもの。あなたは自分の裏切りを認めることになるのよ」

男仙の出家は単に桃仙公主の体裁をとりつくろうだけの悪習ではないのか。藍花がそう言いきると、黎春は同感を示しはしたものの、けっして賛同はしなかった。

「彼らを生家に帰せない事情があるのですよ」

「どうして？」

「彼らの多くは、出身が名家でも妾腹《しょうふく》だったり、領主の子息といっても実質は領民からの養子だったりする。現にわたくしも正妻の子ではございませんでした。その理由がおわかりでございますか」

「……いいえ」

「男仙は特殊な事情を除き、最低十年は拘束される。つまり通常の男子が家政を学び、妻を娶《めと》

る大事な時期が空白になってしまうのです」

それゆえ、送る側は、家の内情にさしさわりのない者――妾腹の男子や養子を献上するのが現状になっているのだとか。

「家督争いを回避するために、献上された男仙も少なくはございません。そういった身の上の者たちを帰したところで、お家騒動の種になるか、生家に疎まれるだけなのではないでしょうか。かえって彼らのためにはならないと思いますが」

（……なによそれ）

結局、男仙の献上という名目で、体よく家を追いだしただけではないか。

ああ、こういうのが一番腹がたつっ。――藍花は俄然《がぜん》めらめらと燃えてきた。突然、すっくと立ち上がり、しばし六卿たちをにらむと、ふっと挑戦的な笑みを浮かべる。

「わかりました。では、あなたたちの意見を考慮してまた出直してきます」

そう言い残し、勇ましく政務室をあとにしたのだった。

◇

そして、その日の昼下がり、いつものように男仙殿を侍童の号令が駆けぬける。

……剛健《カンチェン》！　剛健《カンチェン》！　本日も公主さまが中庭で、なんと手ぐすね引いてお待ちアル。皆でお誘いあわせのうえ、張り切っておこしくださいとのことアルよ！

それを聞いて、まっ先に部屋から出てきたのは、飛猿《ひえん》と冬星《とうせい》だった。ふたりは目を合わせるや――「師匠っ」「弟子よ」その言葉を合図に中庭に向かって熾烈《しれつ》な競走をくり広げる。

「控えなさいっ。『子曰《しいわ》ク、弟子ハ三歩下ガッテ、師ノ影踏マズ』ですよっ」

「なにを言うっ。弟子に追い抜かれてこそ、師はよろこぶものなんだぜっ」

彼らのあとを他《ほか》の男仙たちがわやわやと追いかける。中庭にて待ちかまえる藍花の姿が見えてくると、彼らはいっせいに叫んだ。

「「「「公主殿下っ、今日《きょう》こそは私だけに愛の桃花をっ」」」」

だが、求愛の叫びはプワーッと奇怪な大音量にかき消された。藍花が侍童楽坊から拝借してきた哨吶《すおな》という管楽器を吹き鳴らしたのだ。勢いをそがれた冬星と飛猿が、おっとととつんのめれば、後ろから来た男仙たちが玉突きとなり、全員が前のめりで倒れこんだ。

「こ、これはなんのお戯れっ」

「それよりも早く桃花をっ」

他の男仙たちの下じきになりながら、冬星や飛猿がわめくと、藍花はふたたび哨吶をプワーッと吹いて黙らせ、彼らに向かって言う。

「剛健《カンチェン》。美貌《メイマオ》。妖媚《ヤオメイ》——はい、復唱」

「「「「剛健《カンチェン》。美貌《メイマオ》。妖媚《ヤオメイ》……？」」」」

藍花の意図が呑《の》みこめず、男仙たちがたどたどしい声で応じれば、

「声が小さいっ！——剛健《カンチェン》！　美貌《メイマオ》！　妖媚《ヤオメイ》！」

「「「「剛健《カンチェン》！　美貌《メイマオ》！　妖媚《ヤオメイ》！」」」」

発破をかけられ、男仙たちも思わず声が張る。

藍花はよろしいと満足げにうなずいた。

「その意気です。この楽園を出た時、ものを言うのはお銭《ぜぜ》ですが、それがなければ、最後に頼りになるのは、今のような気合いと根性です。忘れないように」

「？」

男仙たちがぽかんとなると、藍花はにこりと笑い、

「さ、お話をしましょう。今日から毎日ここで。あなたたちのすべてを私に教えてください。それがあなたがたの未来につながるよう、私はがんばります」

なんのことやらと、最初は戸惑っていた男仙たちだったが、藍花がまたもや哨吶をぷわっと吹き鳴らし、

「是或不是《するの？しないの？》？」

と、頼もしい笑みで問いかけると、彼らもなんだかわくわくしてきたようで、声をそろえて

威勢よく答える。

「「「「是《します》！」」」」

◇

それから五日後の朝。

金宮にある宰相の執務室で黎春が報告書に目を通していると、突然、扉がばんっと開き、春官長と秋官長が泡を食ったように駆けこんできた。

「たたたた、大変ですぞっ、宰相殿！」

いつものように春官長は腰をさするのに忙しく、秋官長は呼吸を整えるのがせいいっぱいで次の声が出ず、そんな彼らに黎春は冷ややかに言葉を急《せ》かす。

「なんのご用でしょう。忙しいので手短にお願いします」

「こ、公主殿下が御不貞を……っ」

黎春の報告書をめくる手がふと止まった。

「不貞？」

「女官が見たそうです。夏官の官署に公主殿下が立ち入り、あの雷豪栄とふたりきりで空き部屋に入っていくところをっ」

「まさかあのような男がお好みだったとは。こうなればお世継ぎ誕生のためにも、桃宮にあらたな男仙を急ぎ献上させねばなりませんな。髭面《ひげづら》、デカ声限定で」

「……」

黎春は無言で報告書を文机に置くと、とくに慌てるでもなく、夏官の官署に向かった。その後ろを金魚のふんのように春官長と秋官長が続く。

件《くだん》の部屋の前まで来ると、長官ふたりが率先的に前に出て、「ここですぞっ」とはしたなく扉に耳を当てた。だが、そうしなくても藍花たちの声は歩廊に筒抜けで、

「……ねえ、はじめてなんだから、お手柔らかに」

「……殿下のほうで誘ってきたんだろうが」

「……でも、こんなの…今夜は眠れそうにないわ」

「……なら明日《あす》も来い。俺《おれ》はべつにかまわないぜ」

盗み聞きをする官長ふたりは、こりゃ一大事とぼやきながらも、どこか顔がにへらといやらしい。黎春がためらうことなく扉をばんっと開き、中へと踏みこんでいくと、藍花と豪栄はきょとんとした顔でふり返った。

ふたりが囲む文机には大量の書物や文書が置かれていた。藍花は入ってきたのが黎春だと気づくと、あわてて文書をかき集めて、足早に部屋を出ていこうとする。

「……公主殿下」

黎春は文机に散らばる書物に目を落としながら、藍花を呼び止めた。

「もしかして政務の御指南をお受けになっていたのですか」

「え、ええ」

「わたくしにおっしゃってくだされば、いつでもお時間をお割きいたしましたのに」

「さ、宰相はやさしすぎるもの。こういうのはビシビシ叱《しか》ってくれる人でないとね」

本音を言うと、黎春とふたりきりになるのを避けたかっただけなのだが、藍花はとりつくろったように答える。

そして、豪栄のほうに向かっては、

「こ、これ、明日までに全部目を通してきますからね」

「無理するな。殿下は生きててなんぼの存在だ」

いたわりなのか嫌みなのか、豪栄はそう言って、藍花を送りだす。

藍花は部屋を出る際、春官長と秋官長にふり返り、

「おふたりにも次の機会に是非御指南をお願いしたいものですわ」

にっこりとほほえみかけられ、春官長と秋官長はうれしそうに舞いあがる。

「も、もしや、わしもこの年で不貞の予感……？」

「こうなれば、老人、ぽっちゃりも桃宮に入れねば」

藍花が出ていくと、豪栄は出来の悪い生徒を指導したあとのように、ふうっと大きなため息

をついた。

「ったく、政務のことはからっきしだな、あの殿下は」

しかし、黎春がじっと妬《ねた》むような目つきで見ていることに気づき、ひょいと肩をすくめた。

「おいおい、しかたないだろ。あちらさんが俺に頼んできたんだから。というか、あんたに声をかけなかったのは正解かもな。別の指導でもしてきそうだ」

「殿下はいったいなんのお考えがあって」

「どうしても男仙を仙寺にやりたくないってよ。見ろよ。こんなもの書きだしてきた」

豪栄は文机の上の分厚い書類を差しだす。そこには男仙ひとりひとりの経歴や技能が書きだしてあった。

「公主さんがあいつらの調書を勝手に作ってきたんだ。宮城でなにかしらの職務につけないかと提案してきた」

「了解したのですか」

「まさか。宮城の職務はどれも枠が決まっている。新たに設けるとなると、手間も予算もかかると言ってやったら——どうせどこかで無駄な手間と金が動いているに決まっている。あなたがしないのなら、私が暴いて、男仙のためになんとかしてやりたいから、私に政務を一から教えてくれ、だと」

「それは、公主殿下がなさるべき範疇《はんちゅう》ではございません」

「たしかに。こっちはいい迷惑だ」

と、ぼやきながらも、豪栄は藍花の気概をどこか楽しそうに受け止めているようだった。

「にしても、殿下は金のこととなると目の色が変わるな。無駄遣いは許さないと、うるさくてな。よほど高宗仁《こうそうじん》の横領を腹に据えかねているのかね」

すると、黎春がくすっと意味ありげに笑う。

「きっと、そういうご性分なのでしょう」

「ま、一過性のものでないことを祈るよ。ただ、あまり無理はしないよう、あんたからも諫《いさ》めてやってくれ。殿下の目の下に濃いくまができていた。夜は子作りに励んでいるのか、仙王《せんおう》が通いつめているらしいからな。桃宮の禁兵が下世話に噂《うわさ》してたぜ」

「ええ。わたくしのほうでも注意しておきましょう……」

◇

昼すぎ、黎春は桃宮を訪れ、回廊の柱の陰から中庭の様子をうかがう。

中庭の一番大きな桃の木の下では、藍花を中心に男仙たちが寄り集まり、先ほど豪栄から受けとった文書を草地に広げ、なにやらわいわいと盛り上がっていた。

「これは夏官の役職名簿ですね。このようなものどうなさるのです」

冬星《とうせい》が藍花にいぶかしげに尋ねていた。

「あなたたちが宮城に残れるようによ。宮城の役職はほとんどが決まった一族に独占されている。だったら男仙出身者が独占できる枠をあらたに設けるの。そのためにはどんな役職があるか、あらかじめ把握しておかないとね」

「しかし、そうなると役職の維持費や禄《ろく》の出所が問題になってまいりますよ」

「だから当面は桃宮に回される公財から充《あ》てるのよ。帳簿もほらこのとおり」

と、藍花は帳簿らしきものをぱらぱらとめくり、

「仙寺に行かないんだから、出家時に寺に払う世話金は新役職の維持に回せるわね。……ん？　この家名と金額が書いてあるのはなにかしら？」

「……ああ、おそらくそれはですね」

と答えたのは、男仙の中でもひときわ色白の上品な美青年だった。藍花はすでに男仙全員の名前を覚えたのか、「胡静《こせい》、あなた、知ってるの？」と、彼のほうを見やる。

「献金だと思われます。男仙を献上する際、生家は〈志〉という名目で公財に献金するのです。いずれ我らが仙寺に送られる時の寺への寄進料になると聞いておりますが……おや、しかし、この帳簿、おかしいですよ。我が李家《りけ》の献金額がこのていどのはずがありません」

「あら、なに？　記帳の時にまちがったのかしら」

しかし、背後にいたのっぽの男仙が「いいえ」と言ったので、藍花はふり返った。

「峰明《ほうめい》、どういうこと？」

「献金はすべて公財に入らないのです。世話をした仙貴族を介して納められるものなので、彼らが紹介料としていくらか抜き取ってから公財に入る。横領になりませんが、献金は額が定められていない上、仙貴族の取り分もきまりがないため、たちの悪い仙貴族ともなると、献金の大半を自分の懐に入れて、少額を公財に納めている場合もあるわけでして」

「なに、それっ。仙貴族ともあろう人たちがどうしてそう欲をかくのかしら」

　藍花があきれたようにぼやくと、飛猿《ひえん》が口を開く。

「そりゃ、俗世を捨てたはずの仙寺の道士どもでさえ欲深だからな。あいつら、出家させた男仙の生家の羽振りがよさそうだと、わざと嫌がらせをするんだ。生家に逃げ帰るようにな。生家は戻ってこられたら体裁が悪いから、待遇改善ってことで、仙寺によけいな金を寄進して、息子をもう一度引き取ってもらう。仙寺にとっちゃいい小遣い稼ぎになるんだよ」

　すると、他《ほか》の男仙からも証言が飛びだし、

「そういえば、それを模倣した詐欺もけっこうあるのですよ。道士を装った男が、『あなたの子息が寺で虐待されている。寄進すれば、それも収まるだろう』と生家から大量の金子《きんす》を巻き上げるとか」

「まあっ」

　憤慨した藍花は、しばし考えを巡らせ、ぽんと手を打った。

「いいことを聞いたわ。こうなったら、新しい役職を提案すると同時に、男仙を仙寺に送ることの弊害を六卿に訴え、早急に調査をさせましょう。彼らが動かないのなら、私が直接指示します。仙寺であなたたちが虐《しいた》げられる上、私腹を肥やすだけの寄進や、ましてや詐欺にお金が使われるなんて、とんでもないことです。無駄遣いを私は許しませんっ！　いいわね」

「「「「剛健《カンチェン》！　美貌《メイマオ》！　妖媚《ヤオメイ》！」」」」

男仙たちは、もはやそれを相言葉のようにして声をひとつにする。

そんな彼らを見つめる黎春の瞳《ひとみ》は冷ややかだった。

人の気配にふと目をやると、三つほど離れた柱の陰に冬官長の肖弘玄《しょうこうげん》がたたずんでいて、弘玄もまた藍花たちに注視していた。ただでさえ青白い彼の顔が最近とみに冴《さ》えない。黎春の視線に気づくと、気まずそうに顔をそむけ、金宮のほうへと足早に立ち去っていく。

それを見はからったように、禁兵がひとり、黎春にそっと近づき、ひそひそとなにやら報告した。

「……そうですか。やはり彼が」

そうつぶやいて黎春が薄笑いを浮かべると、春の陽気の中、そこだけ季節が変わったように寒々とした空気が漂う。

彼は藍花を見つめ、愛《いと》しげにひとりごつ。

「あなたはわたくしのものですよ、殿下……」

◇

その三日後の深夜。

男仙の露天風呂では、湯煙にまぎれ、ひそやかに湯浴みする男の姿があった。その右肩から肩胛骨《けんこうこつ》のあたりにかけては逆さの妖鳥《ようちょう》の刺青《いれずみ》がほのかに光る。

蓮羽《れんう》であった。

普段なら、こんな時刻には湯浴みはしない。人目を避け、明け方頃《ごろ》にここに来るようにしている。でないと、「閨房術《けいぼうじゅつ》で昇天した公主殿下の生霊がうろついている」と男仙たちのあいだでくだらない噂がたち、あとをつけられたりもしたからだ。

だが、今夜は特別だった。この桃宮での、彼の唯一の友との語らいの日なのである。

「よう。来てやったぞ」

湯壺《ゆつぼ》の際にもたれ、蓮羽は呼びかけた。すると湯壺をすいと泳ぎ、白い小猿のヤンが湯煙の向こうから姿を見せる。

蓮羽がめったに見せないほがらかな笑みを浮かべた。いつだったか、彼がはじめて真夜中にここに来た時に、ヤンもたまたま来ていて、それ以来の仲である。とくにいつと決めているわけでもないのに、ヤンがここに来る日はなんとなく予感がする。そして来てみると、思ったとおり彼の姿がある。

ヤンは蓮羽のそばまで来ると、烙印《らくいん》のある右肩に躊躇《ちゅうちょ》なく腰かけた。はじめての時も、こうされた。人なら正視すらしてくれないものだ。動物だから当たり前といえば当たり前なのだが、蓮羽はヤンだけには心を許している。

しかし、おそらくもうヤン以外には現れるまいと思っていた。この桃宮で烙印に触れてくる者は。それなのに――、
蓮羽は思い出したようにふっと苦笑し、ヤンの頭をなでる。

「ヤン、おまえだけじゃなかったんだぜ……」

まさか藍花――彼女にそうされようとは思いもよらなかった。

それどころか、この烙印をまっすぐに見つめてきた。嫌悪感ひとつ示さず、だったらどんな顔をすればいいかとさえ問いかけてきた。あんなふうに言われたことなどない。育ての領主は蓮羽と目も合わさなかったし、使用人は蓮羽と口をきく時はひきつったような顔をしていた。ならばと市井《しせい》の者たちと交わってみたりもした蓮羽だったが、使用人から烙印のことが漏れ、市井にも彼の居場所はなくなっていた。

ヤンが蓮羽の耳そばでうきっと鳴く。

――惚《ほ》れそうなのかい？

そう言っているように聞こえ、どきりとなった。どうしてそんなふうに聞こえたのだろう。

それとも、これは自分自身の本音——？

（……冗談。俺はあんな金の亡者は）

心の内に向かってそう返すと、

——なら、なぜ刺青を見せて、身の上まで明かした。

また、そんな声が内から戻ってきて、

（……がめついくせに、ねっからのお人好《ひとよ》しだ。同情させれば、あいつを落とせるかと）

——同情させる？　してもらいたかったのまちがいだろう。

内なる声は段々と辛辣《しんらつ》になってくる。

——あの子は東屋《あずまや》でもおまえの気持ちを察してくれた。彼女なりに必死でなぐさめてくれた。

彼女なら自分を受け入れてくれるのではと思ったんじゃないのか。

（……受け入れる？）

——ああ。受け入れてもらいたいのさ。

（……受け入れられて、どうなる？）

——それが、おまえの幸せ。

（……幸せ？）

やがて、蓮羽の脳裡《のうり》に蘇《よみがえ》るのは、藍花のあの言葉。

──私はお金を手に入れる。あなたたちだって幸せにならなきゃ。

（……幸せなど）

──蓮羽も幸せになりたいでしょう？

なりたくないはずがないではないか。

だが、蓮羽は自分の幸せがなにかわからない。身代わりの公主と世継ぎをもうけること？ ちがう。本音を言えば、そんなのは幸せなどではない。単なる憂さ晴らしだ。さげすまれた己の血が公主に引き継がれ、皆がひれ伏す。ざまあみろと鼻を明かしたいだけの女々しさだ。だったら自分の本当の幸せはなんなのか。わからなかった。この桃宮を出て、自由を得たところで、背中のものがある限り、幸せなどありえないような気さえするのだ。

──訊《き》けばいいじゃないか。彼女に。おまえの幸せを。

内なる声はそう言う。それが最後だった。ヤンのうきっという鳴き声で、蓮羽は我に返り、苦笑した。

（……ったく）

今夜の自分はどうしてしまったのだろう。自問自答するほどに、この心は迷っているのだろうか。気恥ずかしさから、「まさか、おまえの声か？」と、ヤンになすりつけようとするか、彼は知らないよと言いたげだ。ききっと鳴いて、どこかに泳いでいってしまったので、とうとう彼にも見放されたかと思ったが、そうではないらしい。だれかが浴場に入ってきたのだ。

「……？」

蓮羽は相手に気取られぬよう、気配のするほうをそっと見やる。岩場からちらちらと頭がのぞいていた。あまりにへたくそな隠れかたに、あきれるしかない蓮羽だったが、むくむくといたずら心も湧《わ》いてくる。

彼はふいに胸を押さえ、うっと苦しそうな声をあげた。

「あ…宗仁に痛めつけられた古傷が、痛《いた》た……」

「蓮羽？」

案の定、藍花は無防備に飛びだしてきて、蓮羽のようすをうかがいにくる。蓮羽は彼女の手首をはっしとつかむと、一気に湯壺に引きずり込んでやった。

藍花はじゃぼんと頭までつかり、ぷはっと顔を出す。しかし目前に蓮羽の裸の胸板があったので、きゃっと驚いてまた潜ったが、湯の中には下半身のさらに直視不可なものがぼんやりと見えていた。藍花はとち狂ったように湯から顔を突きだし、あたふたと湯壺から這《は》いあがる。

「……だ、だましたわね」

ぜいぜいと呼吸する彼女は、ふたつわけのお団子頭に、薄紅色の上下だった。

「まさかの侍童《じどう》のふりか。違和感ないのが悲しいな」

「こ、公主だとわからないほうがいいでしょ。この前みたいに襲われずにすむし。用心よ」

「一番の用心は部屋から出ないことなんだが」

「そっちがいつもの刻になっても来ないからじゃない」

あの事件以来、蓮羽は毎晩桃仙殿に泊まりこんでいた。例の禁兵が藍花を探るため、ふたたび忍びこんでくる恐れがあったからだ。とはいえ、色っぽいことなどなにもない。それどころか、藍花は昼間の続きで、政務の資料を開いては、これはなんだ、どういう意味なのだと蓮羽に質問攻め。お堅い話ばかりで眠気に誘われ、結局夜が終わってしまうのだ。

「ああ、でも心配なんてするんじゃなかったわ。まさか呑気《のんき》にお風呂につかってたなんて」

「呑気で悪かったな」

毒づきながら蓮羽がさぶんと湯壺から上がると、とたんに藍花は顔を真《ま》っ赤《か》にして伏せ、早く着替えろと言いたげに、岩場に引っかけた彼の衣服を必死に指さす。蓮羽は手早く着替え、一番の上の上衣《うわぎ》だけを藍花にすっと差しだした。

「帰るぞ。おまえもそのびしょ濡《ぬ》れの格好をなんとかしろ。でないと――」

「けっこうよ。今日《きょう》なんてあったかいし……」

「いや、そのままだとおまえを無性に襲いたくなるから」

藍花ははっと自分の格好を見た。湯に濡れたせいか、侍童の薄手の衣は肌にぴたりと張り付き、藍花の体の線をもろに浮き上がらせていた。藍花は蓮羽の手から慌てて上衣をひったくり、全身を隠すようにはおって、そそくさと立ち上がる。

「この色ボケ変態がっ！」

「それがどうした。仙王にはその言葉は褒め言葉だ」

「がっかりね。最近、襲ってこないから、心を入れ替えたんだと」

「おまえの周辺を探る奴《やつ》に用心したいだけだ。言っておくが、俺はおまえに世継ぎを産ませることを諦《あきら》めたわけじゃない」

「どうして？　そんなことよりも、自由になるほうがずっといいでしょうに」

――そんなこと？

蓮羽は少し苛立《いらだ》った。なぜ苛立つのだろう。他の者ならどんな棘《とげ》だった言葉を投げかけられても受け流せるのに。

いつものように手が自然と右肩の刺青のあたりをさする。

「俺を自由にしてどうする？」

そう問い返していた。声が少し感情的になっていた。

「俺を市井に放りだす気か。そうしたところで、ただの大罪人なのに」

それどころか、この烙印を持った者は仙寺でさえ受け入れてもらえない。男仙たちがあれほどに行きたくないと願っている仙寺に、むしろ入りたいほどである。現《うつ》し世の嫌悪の目から逃れられるなら、日々の厳しい修行の生活などさしたることではない。

結局、どこにも行き場がないから、仙王という立場にしがみついているしかないというのに、どうしてこの娘ははいらぬことをしようとするのか。

「教えてくれ、公主殿下、自由が俺の幸せなのか」

蓮羽はとうとう尋ねていた。ああ、そうだ。だったら訊いてやろうではないか。いったい自分の幸せがなんなのか。

「罪の烙印を背負った俺の幸せはなんなんだ」

——すると。

藍花はふいに両手をぱあに開いて、蓮羽の目の前にかざした。

その意味が蓮羽にはさっぱり理解できないでいると、

「特別よ。引退金から十万銭あげる」

「は？」

金をなぐさみにしろというのか。彼女らしいというか、なんというか。やっぱり訊くんじゃなかったと蓮羽は落胆したが、藍花の言葉には続きがあった。

「それを元手に金崙《こんろん》を出なさい」

「金崙を出ろだと？」

「それだけあれば、他国でも生活の基盤は作れるでしょう」

「つまり、手に負えないから、よそに行けってことか？」

ますます幻滅だ。蓮羽は鼻白んでぼやくも、

「違うわよ。そこで、できるだけ立派な人になってくれるかしら。金崙まで名がとどろくような。……ん、そうね。砂漠をまたに駆けた伝説の商人ってのもいいんだけど、未開の草原地の王になるっていうのも捨てがたいわ」

彼女の話は段々と突拍子もない方向へ行く。

「おまえはいったい俺になにをさせる気だ」

「決まってるでしょう。あなたの異境での活躍、私が金崙で広めちゃうのよ。自伝書いてあげるわ。そうしたら、もうあなたはどこへ行っても、胸張って生きていけるじゃない。ついでに、私もその自伝を売って、あなたにあげた十万銭を回収。どう？」

「それが俺の幸せなのか？」

「そんなのあなた次第よ。でも……あなたにも幸せになってほしいから」

そう言って、藍花はからりと笑う。まるで彼女なら、砂漠でも草原でも難なく生き抜いてい

けそうな、明るくたくましい笑みで――。

「………」

蓮羽は黙ったままだった。彼女の笑みにつられたせいもあるのか、なんとなく異境の地も悪くはないと思いはじめていた。胸に描くのは、砂漠とも草原ともつかぬ果てしない想像の地。だが、なにかが違った。――いや、違うというよりは、なにかが足りないせいで、妙にもどかしく感じてしまうのだ。

そんな彼を、藍花は不安がっていると勘違いしたらしい。彼の肩をぽんと叩《たた》く。

「大丈夫よ。あなたが変態だってのは自伝に書かないであげる。――罪なき男が逆境を乗り越えて、我が道を切り開いていくの。ここが売りね。きっとみんな共感してくれるわよ」

――罪なき。

その一言だけが、ふと、蓮羽の心に響いた。

「……罪なき？」

彼は声にして反芻《はんすう》する。

「ええ？」

「俺に……罪はないのか」

むしろそんな質問をされたのが、藍花には不思議だったようで、

「そうよ？　蓮羽、あなたはなにも罪なんか犯してないじゃない。どうして？」

「……」

蓮羽はまた口を閉ざした。

罪なき。

心の中でいくどもくり返し、くり返すごとに心地よくなってくる。

……やっとわかった。異境の地に旅立つ自分に足りないもの。

「どうしたの？　蓮羽？」

いぶかしげに顔をのぞき込んでくる藍花を、蓮羽はそっと胸に引き寄せる。

「……おまえは来ないのか？」

そう問いかけていた。

「え？」

「おまえが言う、砂漠やら草原やらへだ。おまえはなぜ来ない」

「わ、私が行ったら、だれが自伝を書くのよ」

「来い」

蓮羽はもうそれの一点張りで、

「だ、だから、勝手なこと言わないで」

「勝手なのはおまえだろう。まともに生きていけるかもわからない土地へ俺をいきなり放りだして、立派な人になれだけではあまりに無責任だ」

そうではない。こんなことを言いたいのではない。本当はうれしいくせに。

――あなたはなにも罪なんか犯してないじゃない。

そう言ってくれた人に、ただずっと側《そば》にいてほしいのだ。朝も、昼も、夜も、嫌になるくらい言ってほしい。けれど、それを素直に打ち明けるのが、はばかられた。自分の望んでいた幸せが、こんなにささやかなことだったのが、あまりにも馬鹿《ば》馬鹿《か》しくて。

「だ、だったら、出血大奉仕で二十万銭はどう？　それだけあれば、どこでもぜったいに生活に困らないわ」

「そうじゃない」

「なによ。お金以外になにが欲しいっていうのよ」

揺るぎない口調で言われ、蓮羽はあきれたのを通りこして笑いたくなってきた。お金以外に欲しいもの？――藍花自身がそれをあふれるほど持っているくせに、彼女自身はてんで気づいていないのだから。

蓮羽はふいに藍花を肩に担ぎあげた。

「教えてやる」

「は？」

「金以外に、俺が必要なものだ」

「この体勢でないと駄目なわけ？」

「いや、寝室でじっくり教えてやる。こっちももう我慢の限界だ」

「！」

藍花もさすがに蓮羽がしようとしていることを察したか、ばたばたと脚をばたつかせて、彼の腕から逃れようとする。

「ちょっと、蓮羽、蓮羽っ！」

聞いているのか、聞いていないのか、というか、聞いていないふりをしているのだが、蓮羽は抵抗する藍花をしっかりと抱きかかえ、露天風呂を出ていこうとする。

が、その足がつと止まり、蓮羽が全身に緊張を走らせるのが、藍花にも伝わった。

「蓮羽？」

彼の視線をたどる。ゆらりと生ぬるい風があたりの湯煙を払い、岩場にたたずんでこちらを見つめる男の姿を暴きだした。

黒ずくめの細身の衣をまとい、鉄《かね》の面頬《めんぼう》を覆っているので、何者かは定かでないが、その薄情そうな目つきに、藍花はたしかに見覚えがあった。――まちがいない。彼は宗仁の使いを名のっていた男である。

「蓮羽、あの男よ」

「下がってろ」

蓮羽が藍花を下ろし、背後に押しやったのと同時に、男が両手に握る胡蝶刀《こちょうとう》を振り上げ、躍

りかかってきた。男がそれを振り下ろす直前、蓮羽は身をそらし、攻撃を逃れたが、

「きゃっ」

藍花は湯壺の際《きわ》にいたため、うっかり足をすべらせ、どぼんと湯壺に落ちてしまう。すると、男もまた湯壺に飛びこみ、刃を藍花のほうへと向けた。どうやら、男の標的は蓮羽ではなく、藍花のようだった。

（……どういうことだ）

蓮羽はいぶかりながらも、ただちに湯壺に飛びこみ、彼女の前に立つ。男が両手の刀をすばやく交互に振り下ろしながらこちらに向かってくれば、蓮羽が藍花を庇《かば》って、動きのままならない水中を、鈍い速度で一歩一歩下がり、敵の攻撃をかわした。

湯壺の端まで来た時、蓮羽はそこに浮かんでいた自分の上衣をとっさにつかみ、刺客の頭をばさりと覆った。刺客がもがいている隙《すき》に、ふたりはあわてて湯壺から逃げ、岩陰まで避難する。蓮羽はそこに藍花だけを残し、湯壺から上がってきた男に飛びかかっていった。

蓮羽は男を押し倒し、ふたりは石畳をごろごろと転がりながら格闘する。男の切っ先が蓮羽の額をかすったの見て、藍花はいてもたってもいられず、禁兵に知らようと立ち上がったが、顔見知りの男が捕まってしまっては、藍花に累が及ぶと懸念した蓮羽が「行くなっ」と鋭い声で彼女を制した。

と、その時。多勢のあわただしい足音がし、禁兵たちがどやどやと岩場になだれ込んでくる。

はっとなった男が蓮羽を振りはらい、逃亡を図ろうとしたが、

「逃すなっ」

禁軍長の指示で禁兵たちが男をまたたくまに包囲した。禁兵のひとりが男の背後から肩をつかんで、組み伏せると、すべての禁兵たちが刀を抜き、いっせいに男に突きつける。もう男に抵抗の余地はなくなった。

「蓮羽っ！」

藍花は蓮羽に駆けよろうとしたが、すっと背の高い人影にさえぎられる。

「ご心配いたしました、殿下」

藍花は黎春に抱きしめられていた。気のせいか、白々しいものを感じた。まるで蓮羽と自分を近づけぬようにしているような。

「宰相？」

いぶかしげに藍花が見上げると、黎春はにこりとほほえみ、だが、次の瞬間、厳しい面持ちに変じ、高らかな声で禁兵たちに命を下した。

「ただちに桃宮を閉鎖せよっ。刺客の侵入経路が判明するまで、男仙、侍童は殿舎にて待機。公主殿下は金宮にて保護し、禁兵以外の立ち入りを一切禁ずっ！」

「え？　ちょっと、閉鎖って、ねえ」

「殿下をすぐに金宮へ。まだ仲間が潜んでいるかもしれない。厳重にお守りせよ」

「はっ」

藍花は禁兵の手にゆだねられ、有無を言わせず浴場から連れていかれる。ふと蓮羽のことが気になって、ふり返ると、彼はもういない。嫌な予感が藍花の胸にうずまいた。

八、容疑者、蓮羽《れんう》

「閉門っ！」

禁軍長の号令で、金宮と桃宮《ももみや》をつなぐ回廊の大扉が閉められる。常ならぬ数の禁兵たちが門の表にも裏にも警護につけば、もはや蟻《あり》が入り込む余地もない。

藍花《あいふぁ》の生活の間は金宮の迎賓用の建物に移された。「これからしばらくは私たちがお世話をさせていただきます」と部屋に入ってきたのは、侍童《じどう》ではなく金宮の女官数人だった。

先ほどの一件でびしょ濡《ぬ》れになった藍花は、女官たちに湯屋に連れていかれ、ごしごしと念入りに洗われたあと、夜着に着替えさせられる。ふたたび部屋に戻り、濡れた髪を彼女たちが総動員で扇をあおぎ、乾かしてくれていると、黎春《れいしゅん》が入ってきた。

「しばらくはご不便をおかけいたしますが、なにとぞご容赦くださいませ」

「なにも閉鎖までしなくてもいいんじゃない？」

「外部の者が忍びこんできたということは、桃宮に手引きした共犯者がいる可能性も大いにあるのです。それが判明し、あそこが安全な場所と断定できるまでは、殿下にお戻りいただくわけにはまいりません」

あなたのためなのですよと言いたげに、黎春は愛《いと》しげに藍花の手を取り、包みこむ。

――と。

「失礼いたしますっ」

まだ若そうな禁兵が息せき切って駆けこんできて、部屋の前にかしこまった。

「ご報告いたしますっ。先ほど捕縛いたしました刺客の共犯が、自白により判明いたしました。公主殿下暗殺を命じたのは、冬官長。肖弘玄《しょうこうげん》。なお、桃宮への手引きを行ったのは蓮羽と申します男仙だそうです」

「はあっ⁉」

藍花が驚いた声で立ち上がれば、黎春が禁兵の不調法を叱責《しっせき》する。

「殿下にとってはつい先ほどのこと。まだ恐ろしい思いをしていらっしゃるであろう時に、事件の話を持ちこむとは、なんという配慮のなさですっ」

「し、失礼いたしました。ただ、冬官長は官署の政務室にて拘束いたしましたので、金宮の安全は確保できました。公主殿下にはこちらにてご憂慮なくお過ごしいただけるとの御一報をお届けいたしたく……」

「もうよい。下がりなさいっ」

「は……っ」

若い禁兵は善意で報告に来たつもりが、うなだれて帰っていく。しかし藍花はこのことで、露天風呂で感じた黎春への不信感がより強くなった。なんだか彼が捜査の情報を藍花に隠そうとしているような、そんな気がしてならなかったのだ。

「本当に蓮羽《れんう》なの？」

藍花はできるだけ自然にふるまうことにした。頑《かたく》なに否定したり、わざとらしく信じた態度をとれば、黎春に警戒されそうだったから。

「殿下がご心配なされることではございません。あとはすべて我らにお任せくださり、こちらでお健やかにお過ごしください」

黎春は藍花にこれ以上はないくらいの気づかいを見せ、部屋を出ていくが――。

（……絶対、変だわ）

藍花は寝床に入ったあとも悶々《もんもん》としていた。蓮羽が冬官長の肖弘玄と共謀し、刺客を手引きしたなどありえない。蓮羽なら藍花とふたりきりになる機会はいくらでもあり、刺客に頼らずとも、暗殺は可能だったはずだから。しかも、あの刺客のわざとらしいほどに派手な登場。その上、禁兵たちが駆けつけるのもずいぶん迅速で、まるでお芝居のような暗殺事件だった。

藍花はそっと寝床を抜けだした。この刻だとさすがに女官たちはすべて退出していたが、歩廊に出ようとして、あっと立ち止まる。禁兵がふたり、部屋の前で立ち番をしていたのだ。藍花はおびえた顔を作って、彼らに近づいた。

「寝台の下でごそごそと変な音がするの。ちょっと確かめてくださらない？」

まずはそう言って、片方の禁兵を寝室まで誘い、彼が寝台の下を見ようと、しゃがみ込んだところを、近くにあった大きな壺《つぼ》でがつんと後頭部を襲い、気絶させる。あわてたふりで部屋の外に行き、

「大変。毒蛇だったわ。さっきの人が噛《か》まれてしまって」

と、二人目も寝室に誘いこみ、彼が倒れた同僚の前にかがんだのを狙《ねら》って、またもや壺でがつんと——。

(これでよし……)

◇

藍花はまずは桃宮に向かった。柱の陰に隠れながら、なんとか大扉の近くまで来たものの、扉の前には大勢の禁兵たちが立ちふさがっていた。しかも、彼らに指示を送る黎春の姿が目に入ったため、急ぎ引き返す。

(……危ない危ない)

だが、あの警備のようすからして、蓮羽はいまだ捕まっていないはずと思い、藍花は行き先を冬官の官署へと変えた。主犯の肖弘玄に会うためだった。ここ数日、政務勉強のために金宮を何度も訪れていたので、官署まで迷うことはなかった。冬官の政務室を訪れると、部屋の前

では矛を持った四人の禁兵が厳重に警備をしていた。藍花が夜着のまま姿を見せると、彼らは一瞬面食らったものの、緊張気味に姿勢を正す。

「ここに肖弘玄がいるんでしょう。会わせてもらえるかしら?」

桃仙公主《とうせんこうしゅ》の頼みとはいえ、さすがに禁兵たちは困ったように顔を見合わせる。

「危険でございます。殿下のお命を狙った者ゆえ……」

しかし、退いてなるものかと、藍花は強気に高笑いした。

「たわけっ。私が危険な時に身を張って守るのがそなたたちであろう。それを回避するような軟弱者がいやしくも禁兵を名のり、過分な禄《ろく》をもろておるとは、ただ飯食らいも同然。次回のおまえたちの禄の見直し、長にしかと告げねば。来期が楽しみよな、ほほほ」

禁兵たちはひえっと行く手をあけ、どうぞどうぞと部屋に入れてくれる。ただし殿下の安全のためと、ひとりが中までついてきた。

入ってすぐに、政務机に力なく突っ伏す袍衣姿《ほういすがた》の男が目に入った。顔を上げると、燭《しょく》の明かりが乏しいせいか、弘玄の顔はやつれ、青白さは尋常ではない。

「ああ、殿下。私はなにも知らないのです」

弘玄はすがるように訴えてくる。

「でも、刺客はあなたに頼まれたと言っているそうよ」

「はめられたのですよ。私はその刺客とやらに。おそらく本当の依頼主を庇《かば》っているのではないでしょうか」

（……たしかに可能性はあるけどね）

だが、刺客がだれかを庇っているというより、あの暗殺じたいが仕組まれた寸劇だったのではないかと藍花は疑っていた。弘玄を陥れるための。

「ねえ。もしあの刺客があなたをはめるために嘘《うそ》を言ってるとしてよ。あなたははめられるだけの理由があるんじゃない」

弘玄があからさまにぎくりとした。

「どうやらあるようね」

「それは、そのう……」

弘玄が口ごもり、藍花の背後にいる禁兵の存在を気にするようにちらちらと見やるので、藍花は禁兵に出ていくように命じる。

「しかし、殿下の御身が……」

「出なさい。なにかあったら、私が責任を持ちます」

実際、責任を持てるかは自信がなかったが、藍花はそう言って禁兵を追いだす。弘玄に向き直り、話の続きをうながすと、彼は深い嘆息をつき、顔を両手でおおって、ぽつりと言った。

「ご無礼を承知で言わせていただきます」

「べつにいいわ。遠慮なく言って」

「私は殿下を偽者と疑い、禁兵に金を握らせて調べさせようとしました」

（……なっ、この人だったの!?）

あの襲ってきた禁兵――弘玄の差し金だったのだ。まあ、ひょっとして六卿《りくきょう》のうちのひとりではないかと思っていたが……。

「ぶ、無礼でしょう」

と叱責したものの、内心は冷や汗ものである。

「わかっております。されど久々に我々の前に姿を見せた殿下はお元気そのもので、長らく病床におられたにしては、あまりにも不自然ゆえ」

「まさか六卿全員が私を疑っているの？」

いいえ、と弘玄が答えたので、藍花はいくぶんほっとした。

「しかし、私はどうしても疑いをぬぐえず……いえ、もし殿下が偽者ならば、私が後見する後継者に玉座が回ってくるかもしれない。そんな欲もございまして、独自に探ろうと……」

「それで？　禁兵に金を渡して探らせたのね。それで？　彼はなんと？」

「わからなかったと」

が、そう答えたあと、弘玄の顔がいっそう青ざめ、震えもしてきた。

「どうしたの？」

「……死んだのです。その者が」

「え？」

「私に報告を終えた数日後、屋敷の近くの川で死んでおりました。溺死《できし》でした。あんな浅いところで」

「殺されたってこと？」

藍花がそう言うと、弘玄はああっと嘆き、藍花に追い詰められた顔を向けた。

「私がいわれのない罪を被《こうむ》ったのは、殿下のことを探った報いなのでしょうか。まさか、まさか……」

「あなた、なにか心当たりがあるの？」

「宰相が……」

「宰相って、呉《ご》黎春？」

「私が疑いを持った時、宰相殿だけにはご相談もうしあげたのです」

しかし殿下の病は宗仁《そうじん》の専政を憂慮した心の病で、肉体をむしばんでいたわけではない。宗仁が失脚し、彼の重圧から解放されれば、とたんに元気になることもおおいにありうると、その場は一笑に付されてしまったらしい。

「あなたが私を疑ったから、宰相が制裁を加えたと言いたいの？」

「考えすぎかもしれません。されど妾腹《しょうふく》でありながら、呉家の継嗣に上りつめたあの方は、前々からよからぬ噂《うわさ》がつきまとっているのです。そもそも男仙《だんせん》であった時、桃宮を出されそうになったのも、彼が故意に他の男仙たちに不和をけしかけたせいだったとか……」

その後、黎春は呉志文《しぶん》の正妻の温情で本家に引きとられたというが、それも仙寺に送られる道中で逃亡した彼が、本家に駆けこみ、その美貌《びぼう》で正妻を丸めこんだからだと言われているらしい。そして黎春が本家に入ってから、継嗣となるべき本妻腹の兄ふたりが次々と亡くなり、彼に継嗣の座が回ってきたのも不自然だと。

黎春のあの並外れた美貌の裏に、狡猾《こうかつ》で冷酷が本性があるかもしれない。藍花は寒気がすると同時に、なんとなく納得できるような気もした。

「あなたも馬鹿《ばか》ね。そんな悪い噂のある人に、なんで相談したのよ」

「そんな方だから、殿下のご正体を暴くお知恵を拝借できるかと」

だが、逆に返り討ちにあったというわけだ。

「つまり、あなたは私を偽者と疑ったせいで、宰相の不興を買い、でっちあげの暗殺事件の首謀者として制裁をくらったと、そう思っているのね」

「よく考えてみれば、あの方は元男仙。殿下にいらぬ嫌疑をかける私をよく思うはずがありません」

桃宮出たさに他人に不和をけしかけるような男が、公主への愛情で弘玄に制裁を加えたなどとは、少々同意しかねる推理だったが、今回の暗殺事件が黎春の画策のもと実行されたものならば、彼女にとっては謎《なぞ》がひとつ増えてしまった。

あの刺客が宗仁の使者を名のっていた男と同一人物だったからだ。彼がはなから黎春の仲間だとしたら、藍花を桃宮に入れたのは、いったいだれなのか。

宗仁ではないのか。それとも黎春。けれど蓮羽は宗仁の計画したことだと言うし。

（あーもー、わかんないっ）

いや、そんなことよりも、藍花はどうしても確認したいことがあり、弘玄に身を乗りだして問いかけた。

「ねえ。あなた、禁兵に頼んで、私を偽者かどうか調べようとしたのよね。どうやって調べるつもりだったの？」

長らく公に姿を見せなかった桃仙公主と偽者の藍花。ぱっと見で違いがわかるなら、他《ほか》の六卿たちがとっくに指摘しているだろう。なにか隠されたところに決定的な違いがあるのか。

「痣《あざ》です」

「痣？」

「侍医《じい》から聞きだしたのです。高《こう》宗仁は公主殿下が幼い頃《ころ》、叱《しか》りつける時に決まって背中の同じ場所をつねるのだと」

「え、ええ。そうだったわね」

藍花は偽者と知れないよう、ここは話を合わせておく。

「そのせいで、鬱血《うっけつ》したような小さい赤い痣が残っているそうです」

背中といっても、どのあたりか、是非とも知りたい。鬱血したような痣なら、自力で作れるし、もし黎春や他の六卿たちが自分を偽者と指摘してきたなら、それを証拠に否定できるからだ。だが弘玄にくわしく訊《き》けば、また彼に疑われる。藍花はどう尋ねるべきか、もどかしくてしかたがない。

「ねえ、背中の……」

思いきって訊こうとした時、藍花の肩越しに向けられた弘玄の視線がこわばった。藍花がはっとふり返ると、いつからそこにいたのか、黎春が政務室の入り口に立っていて――。

「お探しいたしましたよ、公主殿下」

黎春は笑顔で近づいてくると、藍花の手首をつかんだ。やさしげな笑みとはうらはらに、彼の細い指先が藍花の肌にじんわりといたぶるように食いこんでくる。

「お部屋にお戻りを。ここは危険です」

◇

藍花は迎賓用の部屋に戻された。黎春の物腰はおだやかで、けっして無理強いをしているわけではないのに、藍花は拷問を受ける前のように生きた心地がしない。

「どうぞ」

寝室に入るようながされ、藍花が一歩足を踏み入れると、突然、背後から黎春に抱きすくめられていた。片手が腰帯をほどこうとしたので、藍花は半身をねじって、彼を突き放す。

「なにするのっ」

「ご確認させていただきたいのです——痣を」

「！」

「背中……左の肩胛骨《けんこうこつ》の下あたりにあるはずなのですが」

「だ、だったら、侍医を連れてきなさいっ。いくら宰相のあなたでも、私の肌を直に見ることは不敬でしょうっ」

黎春は見すかしたようにほほえみ、

「そのような怖い顔をなさらないでください——藍花殿」

「……え？」

……名まえ、知られている。

しかし、鎌をかけているだけかもしれない。藍花はしらを切った。

「な、なんのことかしら？」

「いい機転ですね。でもご安心ください。わたくしはあなたの味方です」

「味方ですって？」

「宗仁の名を使って、あなたを桃宮に引き入れたのはわたくしですよ。あの使いの男もわたくしの隷下《れいか》」

「安仲明《あんちゅうめい》ね……」

桃宮では刺客を演じていた男だ。おそらく安仲明は偽名だと思うが。

「彼をしばらく高宗仁のところに忍びこませていたのです。あれだけ好き勝手していた宰相だ。探せば、失脚に追いこめる悪行の証拠でも見つかるかと思いまして。そうしたら、案の定、彼の横領の証拠をつかむことができた。それでもじゅうぶんな収穫だったのですが、おもしろいこともわかったのです。彼が桃仙公主の身代わりを立てようとしていると」

「そ、それが私って言いたいの？」

「いいえ。宗仁が身代わりにしようとしていたのは別の娘です。二年前、娼楼《しょうろう》から身請けした娼妓《しょうぎ》で、遠縁の領主の館《やかた》に預けられ、身代わりの教育をされていました」

だが、身代わりにされたのは藍花で、その娼妓の娘は桃宮には来なかった。

「彼女はどうしたの？」

すると黎春が美しくほほえんだ。藍花は寒気がし、そして空恐ろしい予感がした。

「まさか、あなたが殺したんじゃあ」

「宗仁に飼い慣らされた娘では困るのですよ。彼とも関係を持っていたようですしね」

黎春は汚らわしそうに眉《まゆ》をひそめる。

「焦った宗仁は早急に次の身代わりを探しました。そして選ばれたのがあなただ。ずっと捨て置かれていたあなたは、宗仁に認めてほしくて、何度も手紙を送っていた。そんなあなたならなんでもすると思ったのでしょう」

つまり藍花は身代わりの身代わりだったというわけだ。どうりで突然だったはずだ。二年も前から男仙を入れ替え、身代わりを画策していたわりには、肝心の藍花にはなんの知らせもなく、急に桃宮に入れられたので、おかしいとは思っていたのである。

「わたくしは宗仁の使いを仲明にすりかえ、あなたを迎えにやらせた。その頃の彼は横領を暴かれそうになったことを知り、証拠隠滅に懸命でしたから、使いのすりかえに気づく余裕などなかった。ま、なにもかも、すでに手遅れでしたが」

「宗仁より、あなたのほうが一枚上手だったわけね」

「お褒めにあずかり、光栄でございます」

黎春はそう返したものの、あからさまににらみつけてくる藍花が自分を本気で褒めているとはもちろん思っていないだろう。

「言ったでしょう。わたくしはあなたの味方だと。その証《あかし》に、あなたを偽者と疑う冬官長を排除してさしあげたではないですか」

「弘玄が差し向けた禁兵に一度襲われそうになったわ。あの時、蓮羽が取り押さえたけど、邪魔が入って、逃げられてしまった。あれはあなたの指図？」

「禁兵がだれの指示で動いているか知りたかったのですよ。だから一度彼を逃がして、あとをつけさせた。思ったとおり弘玄の手の者でした。彼はわたくしに公主陛下が偽者ではないかと相談してきましたからね」

「それで今度は偽の刺客で暗殺をでっちあげ、弘玄の謀《はかりごと》ということにしたのね。でも、あの刺客と弘玄の接点が見つからないと、弘玄が主犯だとは断定されないかもしれないわよ」

「接点はございますよ。仲明には数日前から弘玄の屋敷で働いてもらっています。彼の屋敷の馬番を急病にして、その代理ということでね」

まったく忌々しいほど抜かりのない男だ。

「けど、蓮羽は関係ないじゃない。どうして彼まで共犯にされるのよ」

「彼はあなたが偽者だと知っているのではありませんか」

「……っ」

「……のようですね。彼はおそらく宗仁と密接な関係にある。捕縛されれば、それも明らかにできましょう」

今のところ、黎春は蓮羽の身の上までは知らないようだ。藍花は安堵《あんど》した。

「とにかく困るのですよ。あなたの秘密を知るのはわたくしだけでいい。あなたの地位を脅かす者は必要ございません」

「もしかして、あなたは宗仁みたいになりたいわけ？　私を脅迫して、言いなりにし、宰相として好き勝手にふるまいたいの？」

「呉家では妾腹のわたくしをいまだに認めない空気があるのです。とくに父などは、わたくしを継嗣に選んでおきながら、兄たちの死をなお惜しんでいる。わたくしは上り詰めたい。父よりも高見に」

(……ここにも馬鹿一名)

蓮羽も、彼も、どうしてそう矜持《きんじ》にこだわるのか。それよりもだれかのために汗水流して、得たお給金をにぎりしめる――あの瞬間のほうが藍花にとってはずっと快感だというのに。

「言っておくけど、あなたが宰相をできるのは、あと一年よ」

「禅譲《ぜんじょう》を望んでいるのでしょう。でも、あなたにはできません」

「禅譲のことを私に教えたのはあなたじゃないっ」

「ええ。あなたの人となりがわからないので、しばらくは様子を見る必要があった。そのあいだに、他の男仙と関係を持たれては困りますからね。ああ言えば、あなたは一年後に退位したいがために、彼らを徹底的に避けるだろうと」

「そんなことしても、私が子どもを産まなきゃ、退位するだけよ」

「わたくしのほうで新たに仙王《せんおう》となるべき男仙を手配いたします。もっと聞き分けのいいね。ああ、でも、産むのは彼の子ではありませんが……」

黎春が妖艶《ようえん》な罠《わな》をしかけるように、藍花を見つめてきたので、彼女は肌が粟立《あわだ》ち、自然と足は一歩下がった。黎春は他の男仙の子と称して、自分が藍花とのあいだに世継ぎをもうけるつもりのようだ。

「どうしますか？　わたくしを拒みますか。そうしたところでなにも得はございませんよ」

黎春が選択を迫ってきた。

「わ、私が捕まったら、あ、あなたの企みもバラすわよ」

「偽の公主がなにを言ったところで、だれも信じませんよ。それにあなたは宗仁の娘だ。あなたを桃宮に引き入れるのも、すべて宗仁の名で、彼の経路を利用しましたので、わたくしが関わったという痕跡《こんせき》は残っておりません。残念ながらね」

言いながら、彼が二歩近づいてくる。ふたりの距離がさっきよりも縮まった。

「悪いようにはいたしません」

「わ、私にどうしろっていうの？」

「なにもする必要はございません。ただわたくしに身も心もお預けください。ああ、もちろん他の男仙たちと関わるのは金輪際やめていただければ。彼らを仙寺に行かせたくないなどと、つまらぬ情で、政務に首をつっこむのもお控えください」

（……そんな）

藍花は唇を噛みしめる。だが、今黎春に抗《あらが》っても、不利になるだけだった。この場は恭順のふりでやりすごすしかない。

「……み、見返りは？」

藍花はそう言っていた。

「私はあなたの言うがままで、一生を棒に振るのよ。なにも見返りがないままじゃ、やってられないわ」

「では、豊蘭《ほうらん》にお暮らしのお母上とお仲間に、わたくし個人から支援をさせていただくというのはいかがでしょう」

藍花は損得を換算するように、しばし口元をきゅっと閉じて思案した。そして——、

「……わかったわ」

「そうですか。あなたが賢い人でよかった。では……」

黎春がいっそう距離を縮め、藍花の腰に腕を絡めて引き寄せる。

「なにを……」

「男女の約束にはつきものです。ほんの少し交わすだけですよ」

口づけを求めるように、黎春の美しい貌《かんばせ》が近づき、藍花の視界をうめる。覚悟したつもりだった。なにが減るわけでもないのだからと。だが、彼の吐息を感じると、決意とはうらはらに体が凍り付いてしまった。本音をさとられてはいけないとわかっているのに、どうしても拒絶したくなる。

（……やだっ）

その時だ。寝室の外から遠慮がちな声がかかる。

「――ご、呉黎春さまはこちらにおいででしょうか」

「何用だ」

黎春は藍花に触れる手を止め、面倒くさそうに声を返す。

「たった今、雷豪栄《らいごうえい》さまが登城されまして。至急ご面会したいと」

「なぜ、あれがこの時分に」

豪栄の登城は不測の事態だったらしい。黎春は待たせておけとでも言いたそうだったが、なにやらひどく立腹した豪栄の大声が、この部屋にまで届く。それが徐々に近づいてきたので、黎春は渋々藍花を手放し、禁兵に見張りを命じて、部屋を足早に出ていった。

◇

その後、しばらくは歩廊で言い争う声がした。といっても、豪栄の声がでかすぎて、彼が一方的にしゃべっているだけのようだ。やがてその声もやんだが、黎春は戻ってこない。豪栄とともにどこかへ行ったのだろう。

藍花は糸が切れたようにへなへなとその場にへたり込んだ。しかし、思い直したように、すぐに立ち上がる。桃宮に向かうつもりだった。共犯の容疑をかけられた蓮羽だけはせめてなんとかしたかったのだ。方法がないわけではない。適当な禁兵をとっつかまえて、身ぐるみはがして、蓮羽に着せて、城外に逃がしてやればいい。

歩廊に出ようとして、禁兵が立ちふさがった。藍花はあらかじめ持っていた壺をええいっとふり上げ、彼に当てようとしたが、難なくもぎとられ、手首をつかまれてしまう。ならば嚙みついてやろうと、くわっと口を開いたところで、禁兵がひそりとささやいた。

「おいおい。よく見てくれよ」

藍花は「え?」と、視線を上げた。夜陰の中、兜《かぶと》から垂れ下がる頰当《ほおあ》てのせいでわかりにくかったが、まじまじと見ると、

「れ、蓮…羽……?」

「おっと、静かに」

禁兵は彼女の口をふさいで、部屋の奥に押しやった。藍花を月光の射す寝室の窓辺まで連れていき、そこで兜を脱ぐと、蓮羽の顔が現れる。

「無事だったのね」

「まあな。嫌な予感がしてたんだ」

蓮羽もまたあの暗殺事件を不自然に思い、宰相を怪しんだのだという。そこで直後に姿をくらまし、禁兵の甲冑《かっちゅう》を奪って、なりすましつつ、様子を探っていたのだとか。

「あなた、刺客の共犯にされてるわよ」

「わかってる。そこの陰で途中から聞かせてもらった。とんでもない宰相さまだ」

宰相が戻ってくるのではと、藍花が部屋の入り口をしきりに気にするので、

「安心しろ。宰相ならしばらくは来ないから」

「あなた、なにかしたの？」

「この格好で、すぐに他の禁兵に頼んだんだよ。非常事態だから早馬出して、帰宅した六卿にも登城をうながしてくれと」

とくに豪栄に向けては――『宰相の指示が不適切なおかげで禁兵の足並みがそろわず、容疑者の捕獲がはかどらない。ここは是非とも、元禁軍長の雷豪栄さまに応援をお願いしたい』と言づてを頼んでおいたとか。

「それで、あの拡声鬼《かくせいき》がすっとんできたのね」

「そもそも禁兵は、夏官長の管轄だ。しゃしゃり出てこられては困るから、たぶん豪栄が屋敷に戻る日を狙って、宰相はことを起こしたんだろう」

しかし、豪栄に知られた以上、黎春とて好き勝手にはできないはず。そりが合わないふたりのことだ。おそらく対立して、捜査の足並みは狂うだろうと蓮羽は言った。

「でも、ひやひやしたぜ。豪栄の到着が遅れたら、おまえは黎春《あいつ》に……ま、そうなったら、奴《やつ》との大乱闘も悪くはないが」

もし豪栄が間に合わなかったら、自分が飛びだすつもりだったのだろうか。蓮羽の、らしくない、まっすぐで真剣なまなざしが、藍花の気持ちを切なく乱し、思わず顔をそらしてしまっ

た。蓮羽はそっと藍花の顎《あご》をつまむと、まるで先ほどの黎春に対抗するかのように顔を近づける。

「していいか」

「だ、駄目ですっ」

藍花は蓮羽の両肩をぐいっと手で押し離した。

「悠長にしてるばあいじゃないでしょう。あなた、せっかくその格好してるんだから、宮城を出るのよ。今ならまだ警備も手薄なところがあるはずだわ」

「おまえはどうするんだ。あいつの言いなりになるつもりじゃないだろうな」

「なるもんですか。なんとかしてみせるわ」

算段がないわけではなかった。成功するかどうかは自信はない。けれど、このまま黎春に身を任せる気など毛頭ない。

「とにかくすぐに逃げて。……できれば、途中で豊蘭に寄ってくれないかしら。母さんと初初《ちゅちゅ》たちにどこかに身を隠すよう言ってほしいの。私にもしものことがあっても、黎春が母さんたちに報復しないように」

しかし、蓮羽は逃亡を拒むように、藍花を抱きしめていた。

「震えてるおまえを置いていけと？」

「……っ」

藍花は震えを隠そうとする。そんな彼女をなだめるように蓮羽は背をさすってやる。

「強がらなくてもいい」

「蓮羽、いいから、逃げてっ」

「これで逃げれば、俺《おれ》の背中のものは本物になってしまうだろうが」

「だいじょうぶよ。あなたの疑いは、私が晴らしてみせるから」

「そうじゃない。おまえを見放すのが、俺にとっては一番の大罪だ」

「馬鹿みたい。意地張って。そんなの一枚の銅貨も手に入らないのに」

腐しながらも、なぜだか藍花の心は高揚していた。今までに感じたことのない甘い心地も胸に広がってくる。

「いいんだよ。銅貨より俺はもっといいものを見つけたから」

（……それってなに？）

藍花は訊きたい衝動を抑えこんだ。答えを知ったら、この胸の甘い気持ちに支配されそうだから。落ちつかない鼓動をどうにかしたくて、ぎゅっと目を閉じ、気をまぎらわそうと他のことを考える。

「……銅貨が一枚……銅貨が二枚……銅貨が三枚……」

蓮羽がくすりと笑う。

「なんだよ、それ」

「あなたのせいだからね」

　八つ当たりした藍花の顔は暗がりでもわかるほどにほてっていて、必死で隠そうとする思いを見抜いたかのように、蓮羽は彼女に短く口づけた。うれしかったなんて、藍花はぜったいに認めたくない。私はだれとも恋せず、引退金たっぷりもらって、のんびり暮らすと決めているのだ。それが自分にとっても、母や初初たちとっても一番の幸せのはずなのだから。

「俺は城に残る。おまえがなんと言おうとな」

「し、知らないわよ。捕まっても」

「捕まるかよ。それよりも、これからどうするつもりだ」

　藍花はしばらくは口ごもっていたが、自分の計画をぼそぼそと打ち明けた。聞き終わった蓮羽は、あきれ半分、驚き半分な顔をする。

「本気かよ」

「短期決戦よ」

　長引いたら、黎春によけいな工作をする時間を与えてしまうだけだ。藍花がそう言うと、蓮羽は納得したというよりは、この計画に興味を感じたようで、

「いいだろう。乗ってやるよ」

「ありがとう」

「でも、先に言っておく。もし失敗したら、俺はおまえだけは連れて、この城を逃げだすから

な。おまえがどんなに嫌がろうと」

「…………」

藍花は返事をしなかった。成功することだけを頭に描いておきたいから。

その後、蓮羽は藍花とともに諸々の準備を終え、部屋を出ようとする。

「なら、俺は桃宮に戻らせてもらうぜ」

だが、藍花は思い出したように、「待って…」と彼を引き止め、くるりと背を向けた。

「なんだよ」

「その前に、私の背中を思いきりつねってほしいんだけど」

「おまえの嗜好《しこう》はほんと謎だらけだな」

「ち、ちがうわよっ。なにかあった時の最後の砦《とりで》」

桃仙公主の背には宗仁につねられた痕《あと》が、痣として残っている。黎春は追い詰められたら、きっと痣がないことを指摘してくるだろう。しらを切るためにも、偽の痣を作っておきたい、と藍花が言うと、

「背中のどこなんだ」

「左の肩胛骨の下あたりよ。黎春がそう言ってたわ」

すると、蓮羽は少しのあいだ考えこんでから言う。

「わかった」

「じゃあ」

「でも脱いでくれないか」

「は？　そこまでしなくてもいいでしょうにっ」

「衣服の上からだと、痣ができたかどうか確認できないだろう」

藍花はその言葉をまんま信じたわけではなかったが、自分ではできない場所だから、渋々帯をほどく。すっかり脱ぐのは、さすがに抵抗があったので、するりと夜着を肩からすべらすと、背中の肌だけをあらわに、前は両手でぎゅっと閉じた。

「きれいだ……」

吐息まじりの蓮羽のつぶやきが聞こえ、彼の腕が腰に絡んでくる。藍花は背中に、指ではなく、もっとやわらかい感触を覚えたものだから、ひゃっと身をこわばらせた。

ふり返ると、蓮羽は唇を藍花の背に当てているではないか。

「や、やめ……っ」

「おとなしくしていろ。つけてほしいんだろ」

「そ、そんな方法でつけろなんて言ってないでしょっ」

「俺のやり方でやらせてもらう」

蓮羽は藍花の肌を唇で執拗《しつよう》に慈《いつく》しんだ。何度も同じ場所を緩急をつけて吸われれば、藍花は痛みとくすぐったさのはざまに全身が痺《しび》れてくる。うっかり声が出そうになってしまうのを、

息をつめてこらえていると、

「声を出してもいいんだぜ」

「な、なに言ってるのよ。早くしてよっ」

「焦るなよ。せっかくのお楽しみだ」

「お楽しみって、あなたどこに触れ……」

蓮羽がまったくちがう場所に唇を滑らせていた。藍花が思わず、「やっ」とかすれた声を漏らし、肩を震わせると、

「やばっ、俺、その気になっちまった」

「なっ、その気って、どんな気よっ。ちょっと……」

身じろいだ藍花だが、抵抗はすぐにやむ。蓮羽が彼女の首筋におだやかに手刀をくらわせ、気絶させていたのだ。くずおれる藍花を蓮羽は抱きとめ、いたずらっぽくほほえんだ。

「さぁて、じっくり堪能させてもらうぜ……」

九、剛健《カンチェン》。美貌《メイマオ》。妖媚《ヤオメイ》——ついでに無敵《ウーディ》！

明け方前、蓮羽《れんう》は桃宮《ももみや》に通じる大門の前に戻ってきた。豪栄《ごうえい》が口出しをしはじめたせいで、黎春《れいしゅん》とのあいだで指示が混乱しているのか、ああでもない、こうでもないと右往左往する禁兵たちの目を、蓮羽は同輩のふりをして、まんまと中に入りこむ。

そのまま、すぐに男仙殿《だんせん》へと足を向けた。周囲を数人の禁兵たちが巡回しているだけで、中は静かなものだ。おそらく男仙たちは室内待機を命じられているのだろう。

すると、歩廊に面した一室の入り口から、ひょいと藍花《あいふぁ》の顔がのぞいた。蓮羽と目が合うと、ちょいちょいと手で招き、すっと部屋の中に入ってしまう。

蓮羽は藍花を追って、部屋の中に入る。空き部屋だった。片隅に置かれた寝台の上で横臥《おうが》した藍花が、ちらりと裳裾《もすそ》をまくり、色気たっぷりに蓮羽を誘う。蓮羽が近づいていくと、足音もなく背後に立った男が、腕をぐいっと蓮羽ののど元に回した。

「ふっ、引っかかったな。おまえ、仙王《せんおう》だろう」

「だから、なんだ」

「そりゃ、もちろん、このまま禁兵につきだしてやるに……うおぅ!?」

蓮羽は巻きついた男の腕をあっさりほどくと、足払いし、相手の体が傾いだところで、背負い投げをくらわす。どうっと寝台に叩《たた》き落とされたのは飛猿《ひえん》だった。藍花は煙とともにヤンの姿に戻り、うきっと鳴いて、蓮羽の肩に駆けあがる。

「痛《いて》て……」

飛猿は腰をさすりながら身を起こし、蓮羽に寄り添うヤンをわなわなと見つめた。

「あーっ、ヤンっ、てめっ、なにそっちについてんだよ」

「男の友情だ」

と、蓮羽。

「待て。ヤンとはオレのほうが長いんだぞ。だ、だいたい、おまえは殿下を狙《ねら》う刺客を手引きした悪党で」

「本当の悪党が垂れ流した嘘《うそ》を信じているようでは、ヤンに愛想つかされて当然だ」

「なんだとっ」

飛猿は蓮羽をねめつけ、じりじりと対峙《たいじ》を続けた。しかし、いつまでたってもヤンが蓮羽から離れようとしないので、悔しそうにため息をついた。

「……そいつ、悪人にはぜったい懐かないんだよ」

ぼそりとつぶやくと、ヤンがようやく蓮羽から離れ、寝台を駆け上がって、飛猿のそばに行く。身ぶり手ぶりで飛猿になにかを説明しだした。

「え？　仙王と殿下が混浴でいちゃいちゃしてたら、刺客が飛びこんできて、庇《かば》った仙王に殿下はうっとり？　だからおまえは諦《あきら》めろ……って、ぐはっ、なんだよ、それ！」

「ついでに、今さっきも殿下とは寝室で会ってきたばかりだ。ま、少々やりすぎて気絶させてしまったが」

　蓮羽にとどめの言葉をさされ、飛猿はうわぁっと髪をかきむしる。

「くそっ。負けてたまるか。こうなったらオレも師匠のもとで閨房術《けいぼうじゅつ》を極めて……」

　そんな彼に蓮羽は懐から文を取り出し、目の前につきつけた。

「これは？」

「殿下からだ」

「オレに？　おおっ、やっぱり閨房術より、オレの真心だよな」

　舌の根もかわかぬうちにとはこのことか。

「残念だが、それは男仙たちにだぞ」

　蓮羽が一言付け加えると、飛猿はちぇっと舌打ち、しかし、わくわくとした顔で文を開く。

だが、最初の一文に目を通すなり、彼の大きな目は驚きでさらに大きく見開かれた。

「……こんなこと、嘘だろ」

「本当だ。それを読んで、おまえたちの気持ちがまだ公主殿下にあるというのなら、頼みたいことがあると」

それが彼女の伝言だ。蓮羽はそう言った。

◇

飛猿の密《ひそ》やかな招集で、男仙たちは禁兵の監視の目をくぐり抜けながら、先ほどの空き部屋に集まる。藍花からの文が回されると、だれもが言葉を失った。

冬星《とうせい》がいまだ信じられぬように首を振り、目の前の蓮羽に問いつめた。

「これは真実なのですか」

「ああ」

「公主殿下が……身代わりだったなんて」

藍花からの文には、自分が桃仙公主《とうせんこうしゅ》の身代わりであることと、その理由。それから詫《わ》びの言葉がつづられ、最後に、それでも許してもらえるなら、宰相の謀略を打ち砕くために協力してほしいとの旨がしたためられてあった。

「なぜ、今、この時に殿下は……いいえ、藍花殿は本当のことを打ち明けられたのです？」

「計画はけっして万全ではない。ひょっとしたら結果はおまえたちに不利なものになるかもしれない。だとしたら、殿下だからという立場でおまえたちに協力をあおぐのは、あいつの信条に反することなんだろうさ」

万全ではないと言われ、男仙たちが戸惑うように黙りこめば、飛猿がいつになく神妙な面持ちで蓮羽に尋ねた。

「もし、オレたちが協力しないと言えば？」

「それでも、あいつはなんらかの手を打って出る。もっとも俺《おれ》は反対だ。そうなったら、俺はあいつをふん縛ってでも、宮城を逃げだすつもりだ」

それを聞いて、男仙たちにかすかなざわめきが起こる。

「……ひとつ、お尋ねしてよろしいでしょうか」

冬星がいぶかしげに問いかけた。

「藍花殿はどうして我々を仙寺に行かせたくなかったのでしょう。たしか亡き公主殿下は即位九年。藍花殿なら我々と接触を避けて、一年やりすごせば、禅譲《ぜんじょう》という形でなにごともなく退位できたでしょうに。なのに、政務に素人《しろうと》であるはずのあの方が、前例にもないことをやり遂げようなどとはあまりにも無謀。けっして賢命な選択とは思えませんが」

「それは……」

考えこむまでもない。蓮羽が言える答えはひとつだった。

「あいつが金の亡者だからだろうな」

「は？」

冬星どころか、男仙全員がきょとんとなる。

「あいつは金が欲しくてたまらない。大切な奴《やつ》らのためにな。金さえあれば、自分もそいつらも幸せになれると信じて疑わない、とんでもない女なんだ」

「はあ……」

「だから、おまえたちにも幸せになってほしかったんだよ。仙寺ではなく、この俗世で地に足着けて、たんまり金儲《かねもう》けして、幸せをつかんでほしいんだ」

「……僕たちを、幸せに」

そう言ったきり、冬星は黙りこんだ。男仙たちもしんとなる。目を閉じている者もいた。心の内で藍花の気持ちを噛《か》みしめているようだった。

やがて――

「オレは……」「僕は……」

飛猿と冬星が同時に口を開き、むっとにらみ合う。

「お先にどうぞ。広い心で譲ってさしあげましょう」

「るせっ。師匠をたてるのが、弟子の心づかいだっての」

と、譲り合いの末、結局、冬星が先に言う。

「僕はこの二年間公主殿下という方に恋い焦がれておりました。けれど――」

彼は晴れやかにほほえんだ。

「いつのまにか、あの方自身に恋している自分がいるような気がします」

「それは、協力してくれるということか」

「ええ。あの方と過ごしたこの数日間は非常に有意義なものでした。あの方が『冬星の知恵を借りたい』とお申しつけくださるたびに、桃宮に来てよかったと思えるようになりました。あの楽しい日々を奪うというなら、僕は宰相を許しません」

つづけて飛猿が口を開いた。仙王を指さし、いまいましげに毒づく。

「つかよ。オレたちが協力しなきゃ、おまえが彼女を連れて逃げるって？　ちっ、名目だけの仙王だったくせにカッコつけんじゃねえ。……ああ。そうさ。協力してやるさ。彼女をここにとどめて、恋の仕切り直しだぜ。これからがおまえとの恋の戦いの本番だ」

他《ほか》の男仙たちからも我も我もと声があがる。蓮羽はありがたくもあったが、成功の暁には、彼ら全員と藍花の争奪戦になると思うと、やっぱり彼女を連れて逃げたほうがよかったのではと、ちょっと後悔もした。

「よっしゃあっ、いっちょ、暴れてやろうぜ」

と、飛猿が盛りあがれば、

「『子曰《しいわ》ク、恋スル男は無敵ナリ』ですね」

と、冬星がいつもの講釈をたれる。

男仙全員の士気が一気にあがり、そして合い言葉はもちろん――。

「剛健《カンチエン》。美貌《メイマオ》。妖媚《ヤオメイ》──ついでに無敵《ウーディ》！」

◇

夜明け前、藍花は毛深いなにかに頬《ほお》をつつかれる感触で目覚める。

「うーん、日当上げてください。母が不治の病で、薬代が必要で……」

しばらくはうつらうつらと寝ぼけていたが、夜の記憶が脳裡《のうり》をよぎると、はっとはねるように起きあがった。気絶させられたあと、いったい蓮羽になにをされたのだろう。着衣に乱れはなく、体に痛みも残っていない。きっとなにごともなかったはずだと、どぎまぎする自分を落ちつかせる。

うきっという声に、見やると、ヤンが側《そば》にいた。

「あなたが来たってことは、みんな助けてくれるっていうこと？」

うきっうきっと飛びあがるヤンは、そう言っているよう。なら計画は予定どおり実行だ。藍花は男仙たちの好意に感謝しつつ、まなじりに決意をはらませる。

「そうだ。あなたにも協力してもらおうかしら」

ヤンを見て、ぴんとひらめいた。昨晩使った墨の残りで急ぎ文をしたため、ヤンの首にくくる。「これを飛猿に届けてね」と彼を送りだし、藍花は時が来るのを待つ。

ほどなくして、暁闇《あかつきやみ》に不似合いな、おおっという大勢の男たちの雄《お》たけびが、遠くから聞こえてきた。いよいよ藍花たちの大勝負の幕開けだ。

その声が金宮に散るように広がっていくと、ばたばたと足音が近づき、女官たちが寝室に飛びこんできた。

「こ、公主殿下、大変でございます。男仙たちが……っ」

（ほうら、来たっ）

藍花はおびえたような顔を作り、彼女たちにふり返る。

「どうしましょう。どうしましょう。今、禁兵から報告があったのだけれど、騒ぎのどさくさに紛れて、刺客が牢舎《ろうしゃ》から脱走したらしいわ」

と、藍花がほらを吹けば、女官たちは騒動で動転しているのか、すっかり信じ、おろおろとなる。してやったりだ。藍花はにんまりとほくそ笑み、彼女たちをはげますように、肩に頼もしく手を置いてやる。

「だいじょうぶよ。ここは私たちで乗り切りましょう」

「は、はい殿下」

「じゃあ、まずは刺客の目をあざむかないとね」

十、宮城はもう大騒ぎ

さて、時はほんの少しさかのぼり、先ほどの騒ぎは桃宮《ももみや》前の大門から始まった。

「共犯者蓮羽《れんう》を捕獲した。牢舎《ろうしゃ》に連行するので、大門を開けよ！」

桃宮側からそんな声がかかり、金宮側に立つ禁軍隊長は大門にもうけられた小窓を開け、中のようすを確認する。ぐったりとうなだれる蓮羽が、禁兵ふたりに両脇《りょうわき》を抱えられているのが見えたので、「よし」とうなずき、大門のかんぬきを抜いて通路を開けた。

——が。

突然、蓮羽が顔を上げ、目の前にいる禁兵たちに次々と足蹴《あしげ》りをくらわせていく。

「そこのふたりっ、なにをしている。捕まえろっ……うぐっ」

将軍が蓮羽の両側にいた禁兵に命じるも、逆に彼らに口をふさがれてしまった。彼らもまた禁兵になりすました男仙《だんせん》たちだったのだ。

「来いっ」

蓮羽の合図とともに、物陰に隠れていた男仙たちが飛びだし、猛烈な勢いで大門になだれ込んでくる。うおぉぉという雄《お》たけびとともに、彼らは大門を力尽くで突破しようとした。

「閉めろっ！　閉めろぉっ！」

禁兵たちが大門を閉じようとするが、多勢に無勢。せめて蓮羽だけでも確保しようとするものの、他《ほか》の男仙たちにまぎれてしまい、見失ってしまう。そうしているうちに、禁兵たちはどんどん倒されていき、男仙たちは彼らを踏みつけながら大門を突破する。

「「「「公主さま！　今、会いにまいります！」」」」

男仙たちは歓喜の声をあげ、金宮をちりぢりになっていったのだった。

◇

それからほどなくして、暴動の件が宰相の政務室にいた黎春《れいしゅん》と豪栄《ごうえい》の耳に届いた。

「緊急事態でございます！」

禁兵から報告を受けるや、黎春は兵の失態を叱責《しっせき》するよりも先に、となりにいた豪栄をにらみつけた。

「あなたがしゃしゃり出てくるから。蓮羽の捕縛が遅れ、こんなことにっ」

「しゃしゃり出るだと？　勝手なことをしたのはそっちだろ。容疑者捕縛のために禁兵を動かすのなら、管轄の俺《おれ》に一報を入れるのが筋ってものだ。おまえがろくに指揮もとれないと、禁兵から連絡があったから、わざわざ出向いてやったんだぞっ」

言い争っていても不毛だと察した黎春は、気持ちを切り替え、禁兵に向き直る。

「それで、彼らはなにをしようとしているのです？」

「はあ、どうやら公主殿下にお目にかかりたいようで」

さてはこの騒ぎに乗じて、蓮羽が藍花《あいふぁ》と接触するつもりか。

「すぐに他の禁兵たちを連れて、公主殿下の部屋に向かいなさい。殿下と男仙たちと会わせぬよう、周囲を警護で固めるのです」

「あのぅ……」

なぜか禁兵は困惑する。彼が言うには、公主の身を案じた禁兵たちが、すでに部屋に向かったらしいのだが、

「……入れないのです」

「入れない？」

「はい。槍《やり》でつつかれて」

「……？」

◇

「えいっ！」

「い、痛てっ、や、やめろ」

「公主さまをお守りするためですっ。やっ」

禁兵たちは、部屋の前にたちふさがる女官たちの槍攻撃をいっせいに受けて、中に入れず難儀していた。

「だ、だから、自分たちは本物だと」

「そんなことわかるものですか。証拠を見せなさいっ。やあっ」

「証拠と言われても。い、痛いっ、痛いっ」

そこへ黎春が怒りをあらわに駆けつけてくる。

「なにをしているのです！」

すると、女官たちは槍を突く手を止め、

「まあ、呉《ご》黎春さま、実は……」

しかし、別の女官が彼女を制した。

「待って、あれも偽者かもしれませんわ」

「そういえば、いつもの美貌《びぼう》に心なしか翳《かげ》りが」

女官たちがふたたび槍をかまえ、黎春まで攻撃しようとしたが、彼はさっと横に身をすべらし、槍の柄をつかむ。ぐいっと手前に引くと、女官はあららと床に倒れこんでしまった。

「本物か否か。しかと見てお確かめなさい」

黎春は女官のかたわらにひざまずくと、彼女の顎《あご》をつっと指先で持ちあげ、顔を近づける。女官はぽっと頬《ほお》を赤らめ、彼が本物だと認めた。

「これは、いったい、なんのつもりなのです」

黎春が問いつめると、

「刺客から公主さまをお守りするためです」

「刺客？」

「牢から逃げだしたと聞きました。公主さまがおっしゃるには、刺客は変装の達人で、城の者に化けて、自分を殺しにくるかもしれないと。だから、だれが来ても、ぜったいに部屋に入れるなとのご命令が」

「馬鹿《ばか》なっ！」

黎春は部屋に飛びこむも、居室にはだれもいなかった。寝室に足を踏み入れると、寝台の上でこちらに背を向けて横たわる女性がいたので、声をかける。

「公主殿下」

しかし、ごろりと寝返りを打って、おずおずと顔を見せたのは、藍花ではなく女官だった。

「どういうことです。殿下はどこに」

「刺客から逃れるため、城から一時避難するのだとおっしゃってました。なので、この部屋に公主さまがいるようにして、しばらくは刺客の目を欺いてほしいと」

（逃げるつもりかっ）

黎春はすぐさま部屋の外に飛びだし、歩廊で待機する禁兵たちに叫ぶ。

「城の全門の警備を固めなさいっ。だれも外に出してはなりませんっ！」

◇

しかし、藍花は城の外に出るつもりなどさらさらなかった。

彼女は、桃仙公主《とうせんこうしゅ》に扮《ふん》した女官と、回廊の分かれ道に立っていた。

「いいこと、あなたは向こうの東門から、私はあっちの西門から出るわ。桃花の大通りで落ち合いましょう」

「は、はい」

女官は忠義に満ちた顔でうなずくと、回廊を東門へ向かって走っていった。刺客をごまかすためと言いくるめ、あんな格好をさせたのだが、まあ、そのうち禁兵たちに捕まってしまうだろう。それでもいい。あとしばらく時間稼ぎをしておきたいだけだから。

藍花のほうは女官の格好をしていた。彼女は西門ではなく、官署へと足を向けた。豪栄の大声がいつにも増して歩廊に響きわたっている。男仙たちに翻弄《ほんろう》される禁兵たちのふがいなさにやきもきしているようだ。

「まだ、男仙たちを捕まえられないのかっ！」

「それが、見分けがつかなくなりまして」

「見分けだと？」

「禁兵や官吏たちを襲って、服を奪い、彼らになりすましているのです。それに騙《だま》されて近づく禁兵がどんどんやられていく始末で」

「ええいっ。とにかく捕まえるんだっ」

もうそれしか言うことがない。豪栄にどやされ、禁兵がひえっと尻《しり》に帆をかけたように走り去っていくと、藍花はすばやく豪栄に近づき、腕をとった。

「ちょっと、話があるんだけど」

「おまえ……ん？」

豪栄は藍花をまじまじと見つめ、

「殿下、だよな？　あんたまで男仙といっしょになって仮装大会か」

藍花は人差し指を口もとに立て、「しっ」と豪栄を黙らせると、近くの空き部屋に引っ張っていく。入るなり、彼女がいきなり土下座したので、豪栄は唖然《あぜん》となった。

「な、な、な、殿下？」

「お願いです。私の味方になってください」

「は？」

「……私は身代わりの……偽の桃仙公主です」

「！」

突然、そんなことを言われても、信じられるはずもなく、桃宮に入れられたいきさつを藍花が手短に語っても、豪栄はまだ受けいれられないようだった。

「本当…なのか？」

「むしろこんな嘘《うそ》をついても、私になんの利益もありません」

「うむ、まあ、言われてみれば……」

豪栄はまだ信じかねているようだったが、

「しかし俺に味方になれとは、どういうことだ。まこと偽者であれば、反逆者として裁かれてもおかしくない身。その上、俺にも片棒をかつげと言うのだから、いけずうずうしいことこの上ないぞ」

「今回の暗殺事件、黎春の仕組んだ芝居なのです。冬官長の肖弘玄《しょうこうげん》と、男仙の蓮羽を陥れるために」

「なんだと？」

「冬官長は私を偽者と疑っています。そして蓮羽は私を偽者だと知っている。ふたりを抹殺してしまえば、事情を知るのは呉黎春だけです。彼は私を脅して、国主の権限をも我が物にし、高宗仁《こうそうじん》のように専政を敷くつもりなのです」

これもまた豪栄にはすんなり真に受けることはできないようで、

「証拠はあるのか。これがあいつのしわざだとしたら、刺客はあいつとつながっていることになる。その証拠は……」

「証拠をお見せするために、今、男仙たちは騒動を起こしているのです。けれど黎春は認めないでしょう。きっと私が偽者であるということを理由に、なにもかも覆そうとするはず」

「だから俺におまえの味方になれと？　つまりおまえを公主本人だと言い張ってくれと頼んでいるのか」

「お願いしますっ」

藍花は床に額をこすりつけ懇願した。

豪栄はうぬぬと相当深く悩んでいたが、彼もまたなにか思うところがあったようで、

「その証拠とやらが信用に値するものなら……」

「ありがとうございます」

「べつに殿下の……いや、そうじゃないのなら、あんたと言うべきか」

「藍花です」

「藍花か。味方になるのは、けっしてあんたのためじゃない。まずは俺のためだ。正直、黎春はどこか信用のならん奴《やつ》だからな。あいつを追い落とすきっかけをおまえが作ってくれるのなら、都合がいいというだけだ。それに、桃仙公主の秘密が公になったら、金崙《こんろん》じたいが大打撃

を受ける。殿下が仙母の血を受け継いでいるからこそ、辺境の領主たちも大人《おとな》しくしてくれてるんだ。偽者だと知れれば、あやつらは隣国に寝返りかねん」

「わかっています」

「言っておくが、この件が無事に済んだら、あんたにはすぐに玉座を下りてもらうぞ」

ところが豪栄がそう言ったとたん、藍花は顔を上げ、反抗的な目を向けた。

「それは困ります」

「はあ？」

「私はあと一年桃仙公主でいるつもりです。男仙たちと約束したんですから。仙寺にはやらさないようにするって。それに私は禅譲《ぜんじょう》の後の引退金がほしいんです。すぐに公主をやめたら、それがすべて叶《かな》わなくなるじゃないですか」

ちょっと待てと言いたげに、豪栄は藍花にぐいと怖い顔をつきつけた。

「あんたが高宗仁の娘というなら、仙貴族のはしくれ。たしかに公主とまったく縁がないわけではない。だが偽者は偽者だ。なのに長年続いてきた桃宮の掟《おきて》をひっくり返すつもりか。おまえのためでもない金を懐に入れるつもりか」

「それでだれかが損をしますか」

「そ、そりゃ、たしかに男仙の出家はなにかと物入りだ。それに比べて、禅譲での退位なら、引退金とてたいしてかからんが……」

「男仙の出家にはおよそ八十万銭かかるそうですね。対して、私の引退金は五十万銭。しかも実質宗仁の私財です。離宮もそのお金で小さな家を建てればじゅうぶん。後者のほうがだんぜんお得だと」

なるほどと豪栄はうなずきかけたが、すぐにいかんいかんと首を振る。

「こ、これは損か得かの問題じゃないっ。公主でない者に公主の特権を許すのがおかしいと言っているわけで」

ぜったいに認めるものかと、豪栄が顔をそむけると、

「わかりました」

藍花はいったんは退いたように見せたが、突如、彼の横顔に手を伸ばすや、ええいっと髭《ひげ》をつかみとった。豊かな髭がぺりりとはがれ、豪栄は狼狽《ろうばい》する。

「な、な、な、な、な、なにをするっ⁉」

「やっぱり付け髭だったんですね」

「い、いつから気づいてた……」

「政務を教えてもらっていた時です。貧乏人舐《な》めないでくださいね。労賃上げてもらうためには、雇い主の弱みだって探ってみせますからね」

藍花は付け髭をぴらぴらとさせて言った。それにしても、髭のない豪栄は武骨さはあるものの、なかなか端正な顔立ちだ。しかも中年だと思っていたら、意外に若く見える。

「ちなみに、豪栄さん、おいくつです？」

「公称で、に、二十九」

（サバ読んでるわね。たぶん二十六くらい……）

「どうして付け髭を」

「……親父《おやじ》がかつて髭面の鬼官長で恐れられていてな。で、俺がはじめて任官する時、下官から鬼の子が来る、全身毛だらけだとか、ずいぶん期待されちまって。ところが悲しいことに、俺はこういう体質で……」

　豪栄が袍衣《ほうい》のそでをまくると、毛一本もないすべすべ肌が現れた。

「と、というか、こんなことで俺を脅せるとでも？」

「脅せると思ってません。脅しはこれからです」

「なんだと？」

「私をすぐに退位させれば、男仙たちが黙っていませんよ。彼らには私が偽者の公主だと、すでに伝えてあります。もしこのまま仙寺で出家させられることになれば、彼らはまちがいなく、桃宮にいたのが偽者の公主だったと、世間に吹聴するでしょうね。そうなると、噂《うわさ》は広まり、あなたの恐れている事態が起こるでしょう」

「どうせ仙寺に行けば、とうぶんは外に出られん。秘密は守られる」

「あら、私、彼らにけしかけておいたんですけど。いっそのこと仙寺逃げだして、隣国までこの噂広めちゃいなさいって」

　もちろん口からでまかせだったが、藍花の厚顔ぶりにとうとう豪栄はかっと憤慨する。

「き、貴様っ」

　罵声《ばせい》とともに一歩前に踏みだした。禁兵にこれをやればたいていはすくみ上がる。ましてや女子どもなら。だが、藍花は平然としていた。なんという肝っ玉。というか、見かけによらず稀代《きだい》の悪女なのか。憎々しげに彼女をにらみつけていた豪栄だったが、はっとなにかに気づいたようにまなじりをゆるめた。

　その目が哀れむようなものに変わる。

「どうしてだ？」

「……え？」

「あんた、本当は怖くてたまらないんだろうに」

　付け髭をにぎりしめる藍花の手が、もう傍から見てもわかるほどに、ぶるぶると震えていたのだった。彼女は奥歯を噛《か》みしめ、必死でこらえているようだった。

「そこまで無理をして、こんなことをする理由が、俺にはわからない」

「……私だってわかりません」

　それが素直な答えだった。本心では桃宮に来てからもう怖くて怖くてたまらない。豪栄を脅していても、立っているのがやっとなのに。

「なら、私はどうすればいいんですか？」

むしろ藍花自身が知りたいくらいだった。

「背負ってしまったなら、もうこうするしかないじゃないですか」

「逃げようとは思わなかったのか」

「だれかを見捨てて、逃げたりなんかしたら、一生後悔するわ。毎晩、毎晩、夢でうなされるわ。そんな毎日を送るほうがずっと嫌だから……」

藍花の答えに、豪栄の腹立ちは不思議と収まってきた。

「面倒な性格に生まれちまったんだな」

むしろ苦笑さえ浮いてくる。

そして、ふと、こんな話をはじめた。

「知ってるか？　初代桃仙公主が国を建てたばかりのころだ。公主は邑《まち》に出かけるたびに、下着一枚で帰ってくるものだから、家臣たちにあきれられていたらしい」

公主は邑で貧しい民に出会うと、自分の持ち物を与えていたのだ。そうせずにはいられないお人好《ひとよ》しな性格だったとか。

「困った家臣たちは公主にほどこしを固く禁じたが、そうすると、今度は公主は身寄りのない者を見つけては、城に連れ帰り、私宮に住まわせるようになった。そのうち、そこで暮らすひとりの若者と恋をして、世継ぎをもうけたそうだ」

それが桃宮のはじまりなのだという。

「どうしてだろうな。あんたを見て、なんとなくその話を思いだしたよ」

「私は、母さんみたいだと思ったわ」

「あんたのは母親のことは知らない。ただ、あんたはなんだか……」

いや、六卿《りくきょう》ともあろう者が言ってはならぬことだと豪栄は口ごもる。市井《しせい》で育った娘が、公主よりもずっと公主らしい懐の持ち主などとは。

「私、母さんそっくりだったのね」

認めたくはないが、藍花は自然とそんな言葉が口をついて出た。

「恐ろしいな。あんたみたいなのが、もうひとりこの世にいるのか」

豪栄はおかしそうにぼやき、それから、いくぶん計算上の妥協ではあったが、彼女を認めることにした。

「……わかった。一年だけ見逃してやろう。一年だけはな」

「本当ですか！」

「こちらも損得で判断したまでだ。在位十年未満で退位したとなると、領主たちに不審に思われる。かといって逝去《せいきょ》扱いだと、葬儀に膨大な出費がかかってしまうからな」

「公主の葬儀って百万銭かかるそうですね。無駄遣いはいけません」

「はっ。言ってくれる」

豪栄は思わず笑ってしまったが、すぐに厳しい顔をし、

「ただし引退金はなしだ」

「ええっ？」

「当たり前だ。体裁もあるから、離宮の建設費だけは捻出《ねんしゅつ》を許すが、生活はおまえのほうでなんとかしろ。それと男仙の件もこちらに少しでも負担がかかるような案なら、いっさい認めないぞ。あと政務に関しても六卿の合議を優先し……」

しかし、窓のほうをちらりと見た藍花はあっと声をあげ、豪栄の話もそこそこに部屋を出ていこうとする。

「大変っ。夜が明けるわ。ありがとうございます。では急ぎますので、これで。謁見の大広間で人目につかないよう待機しておいてくれますか。あ、この髭、ちょっとお借りしますね」

「ま、待てっ、い、いかんっ。それがなくては、俺の威厳が」

「その顔のほうが断然もてますよ。この世の中、女の人を味方につけたほうが、なにかとお得なのでおすすめします」

藍花はあっけらかんと言って、走り去ってしまう。豪栄ははあっとため息をつき、つるりとした顎《あご》をなでるばかりだった。

◇

一方の男仙たちであるが、彼らはあいかわらず金宮で傍若無人ぶりを発揮していた。

「待てぇ！」

追ってくる禁兵たちに、餃子《ぎょうざ》包みが得意な明慶《めいけい》は、粉末唐辛子入りの餃子を彼らの目もとになげつけ応戦する。

「うわっ。目、目が見えんっ！」

「ふんっ。俺のあらたな餃子包みの記録が生まれそうだ。一日五万個も夢ではない」

また他の回廊では――。

禁兵たちが曲がり角で待ち伏せしていると、突然、背後から群れをなした女官たちが黄色い悲鳴とともに猛突進してきて、禁兵たちを蹴散《けち》らし通過していく。彼女たちを先導しているのは、故郷に百人の恋人がいたという相順《そうじゅん》だった。

「きゃぁぁぁ、相順さま、お待ちになってぇぇ！」

「さあ、わたくしの百一番目の恋人になりたいのなら捕まえてごらん」

さらに別の回廊では――。

「はっ！」

「ひえっ！」

冬星《とうせい》が秘伝の閨房術《けいぼうじゅつ》をくり出し、禁兵相手に大奮闘中だった。

うっかり彼に近づこうものなら、目にもとまらぬ妖《あや》しくも華麗な指の動きで、禁兵は甲冑《かっちゅう》どころか内衣《うちぎぬ》まで脱がされてしまう。

「さあ、生まれたままの姿でおいでなさい。もっと深い世界をとくとご覧じあれ」

冬星が下着姿の禁兵を艶《つや》っぽいまなざしで招けば、禁兵はなんだかどきどきしてきて、後ろで援護する隊長に赤い顔でふり返る。

「た、隊長っ。ゆ、誘惑に負けそうですっ！」

「ば、馬鹿もんっ！　おいっ、おまえたち、一気に責めるぞ！」

隊長が部下の禁兵たちの尻を叩く。彼らにうわっといちどきに襲いかかられた冬星は、

「ふっ、僕の技はさらに昇華いたしましたよ。第二どころか、第三の男が割りこんできても、対応できるようなりました」

その言葉どおり、襲い来る禁兵を、二人目、三人目と、腕を軽やかに振り下ろしながら叩きのめしていく。だが、四人目の禁兵の攻撃にさらされると、うっかり彼は体勢を崩してしまい、

「くっ。まだまだ極める余地はありそうですね」

禁兵の矛の柄が冬星の背を打ちのめそうとしたが、ふいに割りこんできた飛猿《ひえん》が、回し蹴りで禁兵を吹っ飛ばした。

「これでもけっこう激動の人生歩んできてんだぜっ。こんくらいたくましくなくっちゃ、生きていけねえっての！」

「弟子よ。あっぱれです」

「師匠。あんたを乗り越えるのは、このオレだ」

師匠と弟子、もとい、冬星と飛猿はみごとな呼吸で禁兵たちを次々と倒し、ついには隊長までも撃退した。

そんなこんなで大騒ぎの金宮だったが、その騒々しさは刺客のいる仮牢《かりろう》にも届いていた。

仮牢は宮内で暴挙に及んだ者を、いっとき拘束しておく場所である。件《くだん》の騒動の鎮圧のために、ここを見張る多くの禁兵たちもかり出されていたのだが、しばらくすると、またどやどやと戻ってきて、刺客の入る牢の前に立った。

「暗殺に激怒した男仙たちが、金宮になだれこんで暴動を起こしている。おまえの身にも危険が及ぶ可能性があるので、本牢のほうに移動してもらうことになった。すぐに出ろ」

髭の禁兵はそう言うと、牢の扉を開けた。刺客の両手に枷《かせ》をかけてから、他の禁兵たちで囲いつつ、足早に牢を離れる。

「こっちだ」

禁兵の誘導で刺客は小走りで回廊を移動する。遠くで聞こえる暴動の声。やたらとぐるぐると遠回りしているのは、暴動を避けた経路を選んでいるのかと思ったが、「ここに入れ」と連れていかれたのは薄闇《うすやみ》の落ちる大広間で、そこでようやくこれが避難ではないと気づいた。

「どういうことだ」

かすれた声で禁兵たちに問いかけると、髭の禁兵の指示で、全員がいっせいに直刀を抜いて、刺客に向ける。

「なぜ、俺が……」

「殺されねばならん、とそう言いたいのか。当然だ。おまえは公主殿下の命を狙った不届き者ではないか」

「だれの指示だ」

「呉黎春さまだ」

「なっ」

「理由は聞いていないが、おまえを牢から逃亡したことにして、捕獲に乗じ、抹殺せよとの命令が出た」

「馬鹿なっ！」

と、その時だった。

広間の奥でこつこつと沓音《くつおと》がして、大きな円柱の陰から姿を見せた黎春が、玉座の前で立ち止まり、刺客を遠くからじっと見つめた。

「始末しなさい」

黎春が冷ややかに言えば、

「裏切ったのかっ！」

刺客が玉座へと駆けていこうとするが、髭の禁兵がすばやく押さえこむ。

「なんのことでしょう。殿下抹殺を企《たくら》む背徳者に、ののしりを受けるいわれなど、とんと覚えがありませんが」

「約束したではないかっ。暗殺を犯せば、死罪はまぬがれないが、刑場へ送られる道中で逃がしてやると」

「なんのことやら」

「俺を切り捨てるのか」

「あなたは深くかかわりすぎたのですよ、わたくしに」

「ああ、そうだ。おまえの悪事には大概手を貸してやった。仙寺に送られるおまえを逃がしてやるのも、兄の毒殺も、親父を病に見せかけるための薬の調達も。俺ばかりが手を汚してうんざりしていたが、金回りがよかったんで手伝ってやったんだ。……今度だって、じゃまな六卿と仙王を抹殺すれば、宰相としての自分の地位は永遠だと。最後の頼みだから、大金を約束してくれたから、俺は協力を……っ」

が、刺客の叫びをさえぎるように、突然、ぷわーと奇っ怪な音が鳴り響く。

ふたたび沓音がした。刺客の後方からだった。彼がはっと見やると、広間に哨吶《すおな》を手にした藍花が入ってきて、

「聞こえたかしら、みなさん」

そう言うと、おりしも夜が明け、広間の大窓から朝日が射しこみはじめる。やわらかな光が広間を徐々に照らしだすと、刺客は顔をこわばらせた。

黎春だと思っていた男は、ぼんという煙とともに小猿の姿に戻ったのだ。玉座の背後から顔をのぞかせた男仙が、「うまいでしょ?」と黎春の声音を真似《まね》る。

刺客に刀を向けていた禁兵たちがいっせいに兜《かぶと》をとる。彼らもまた男仙たちだった。

さらに陽《ひ》が明るくなってくると、広間全体のようすがわかった。右隅の円柱の陰では春官長と秋官長が。それぞれ男仙に羽交い締めで口をふさがれ、じたばたしていた。左隅の円柱からは髭のない豪栄が厳しい面持ちをして姿を見せる。

やがて哨吶の音を聞きつけた本物の禁兵たちと、黎春ご本人が駆けつけてきた。黎春は広間を見わたすなり、すぐに状況をさとったようだった。

「これは……」

「あなたと刺客との関係は明らかになったわ。六卿たちもこうして現場で聞いています。知らぬ存ぜぬでは通らないわよ」

うわっと怒声をあげたのは刺客だった。彼は手かせをはめたまま、めちゃくちゃに体を揺すって、禁兵の腕から逃れ、藍花に襲いかかろうとしたが、すぐにまた髭の禁兵に取り押さえられる。彼は他の禁兵たちに引き渡され、広間の外に連行されていった。

広間を出ていく刺客を、冷たい目で見送っていた黎春だが、藍花に向き直ると、うっすらと笑みを浮かべた。あまり追い詰められていないようだった。おそらく最後に切り札を出してくるつもりなのだろう。

「よろしいのですか。このような暴挙に及んで」

「私は嘘を明らかにしただけよ」

「嘘を明らかに？」

黎春がはっと短く笑う。

「では、あなたの嘘も明らかにしてはどうですか」

「なんのことかしら」

「あなたは、宗仁が仕立てた身代わりの公主殿下ではありませんか」

（……やっぱり言ってきたわね）

広間にざわりと動揺の声が湧《わ》いた。

「己が嘘はそのままに、わたくしだけをお責めになるというのですか。それはあまりにも得手勝手なおふるまい」

「妄言を吐くまでに追い詰められたの？　気の毒ね」

藍花はつとめて平静に言い返す。ここでうろたえてはいけない。

「宰相、あなたの罪の証拠は今、ここで明らかになったわ。だったら、私が身代わりだという証拠も明らかにしないといけないんじゃなくて」

「いいでしょう」

黎春は禁兵にふり返り、侍医を呼んできなさいと命じた。面倒なことになるのを危惧《きぐ》した豪栄が、「俺が呼んでこよう」と行きかけたが、

「あなたはけっこうです。示し合わされては困りますからね」

黎春は豪栄が藍花の味方だと察したのか、そのまま禁兵に呼びに行かせる。

ほどなくすると、眠そうな顔の侍医《じい》が白髭をしごきながら広間に顔を見せた。

「なんじゃい。こんな朝方に。急患か」

「あなたにお尋ねしたいことがございまして」

と、黎春。

「お尋ねじゃと？」

「ええ。公主殿下のお体のことでご確認させていただきたいのです。たしか殿下の背には鬱血《うっけつ》したような小さな痣《あざ》があるとか」

（……来た）

藍花は息をのんで身がまえる。用意は万全だ。蓮羽に頼んで左の肩胛骨《けんこうこつ》の下に痣を作っておいてもらったのだから。

「おうおう、そうじゃったな」

侍医は思い出したようにうなずいた。

「前の宰相殿が厳しいお方でな。なにかあると、殿下のお背をつねるものだから、痣のように残ってしもたんじゃ」

「その痣は背中のどこに残っているのでしょう」

「ああ、ええっと、――右の肩胛骨の中ほどじゃったと」

(なんですって⁉)

話が違う。痣は左の肩胛骨の下ではなかったのか。

「なにかお困りでも、殿下?」

藍花の狼狽《ろうばい》を見すかしたように、黎春は嫌な笑みを向けてくる。騙《だま》された。彼は藍花が裏切るのを見越して、本当の痣の場所とはちがうところを教えたのだ。

(どうするのよ……)

これならまだ痣を作らなかったほうがましだった。侍医が桃仙公主の体を見ていたのは九年前。経年で痣が消えたと言ってごまかせる。下手に別の場所に痣を作ってしまったせいで、かえって小細工だというのが際立ってしまうかもしれない。

藍花の動揺をさとったのか、豪栄がなんとかこの場をおさめようとした。

「こ、こんな大勢の前で肌をさらすなど、殿下の羞恥《しゅうち》はいかばかりか」

「おや、偽者の疑いを晴らせぬままのほうが、殿下には恥辱でありましょう」

「むぅ……」

黎春にあっさりいなされては、次の言葉が出てこない。

すると、くくくと低い笑い声が広間に響いた。

笑っているのは髭の禁兵だった。彼が豊かな髭に手をやり、勢いよくはがすと、蓮羽だったので、禁兵たちはわっと驚く。捕らえようと進みでたが、彼の鋭い視線を受けると、すくんだように立ち止まってしまった。

「見せてやれよ、殿下。そのきれいな背中を」

「え？」

蓮羽は顎をくいっとしゃくり、藍花にうながした。

（蓮羽？）

「俺のものだけにしておくのはもったいないからな」

やけになっているのか、はたまた勝算があるのか。彼の心中はさっぱりわからなかったが、煽《あお》るように言われ、藍花は覚悟をきめる。

ええいっと、彼女は腰帯をほどき、上衣《うわぎ》を肩からすべらせ、背中を皆に披露した。

「！」

広間にほんの短いどよめきが起こり、そして、怖いくらいの静寂が落ちる。

（……な、なに？　私の背中どうなってるの？）

自分では見えないだけにもどかしい。

ちらちらと皆の反応を確かめる。

禁兵たちは激しいまばたきをしながらこちらを凝視していた。黎春は煙たそうな面持ちで、豪栄ときたら顔が真《ま》っ赤《か》っかではないか。男仙たちにいたっては、なぜだか蓮羽に嫉妬《しっと》めいた怖いまなざしを向けていて、いったい自分の背中になにが起こっているのやら、藍花はさっぱり見当がつかない。

侍医がこほんと咳払《せきばら》いをしてつぶやいた。

「こりゃまたみごとな……」

「ここ最近激しかったからな」

と、蓮羽。

「とにかくこれではすぐに確かめられんのう」

侍医があきれたように言うと、豪栄がすかさず禁兵たちに命じ、

「と、とにかく他の取り調べが先だ。呉黎春を連れていけ」

と、黎春を連行させる。

興ざめた顔をし、大人しく禁兵に連れていかれる黎春を見送りながら、藍花はいまだ自分になにが起こっているかわからない。

（なによ、なによ、なんなのよ――っ⁉）

終、恋の桃花よ、永遠に！

藍花《あいふぁ》は桃宮《ももみや》に戻ることができた。金宮で好き放題した男仙《だんせん》たちだったが、公主殿下の指示のもと、暗殺事件の解決が目的だったということと、損害を被った禁兵たちや各官署の官吏たちをすぐさま大広間に集めた藍花が、深く謝意を示したことで、かえって彼らは恐縮し、男仙たちにおとがめが下されることはなかった。

そして、三日後――。

「ちょっと、やだっ、まだ消えないじゃないっ」

寝室で上半身をはだけた藍花は、侍童《じどう》に鏡で背後を映してもらいながら、キンキン声で嘆く。

藍花の背中は激しい接吻《せっぷん》による内出血、つまりは吻痕《キスマーク》でいっぱいだった。

「これは愛の刻印と聞いているアルよ」

「子どもがそんなこと知らなくていいの」

藍花は顔を手で覆いながら、はあっと深いため息をつく。

だが、おかげであの場はしのげた。大量に吻痕をつけてしまえば、その中に本物の痣《あざ》があろうがなかろうが、特定できないからだ。これは蓮羽《れんう》に感謝すべきなのか。だが、どうにも他意があったような気がして、素直に感謝したくない。

藍花が背を出したまま困ったように立ちつくしていると、部屋に入ってきた豪栄《ごうえい》が、うおっと面食らった声を上げ、「し、失礼」と回れ右をする。

藍花はすぐに身なりをととのえ、「どうぞ」と豪栄に呼びかけた。正面を向いた彼の顔にいつもの髭《ひげ》はなかった。

「最近、髭つけないんですね」

「あ、あれ以来、見つからなくてな」

「蓮羽が返したのを、私、見たような気がしますけど」

「ん？　そ、そうだっけか」

豪栄はとぼける。なんだかんだで、この人ももてたいのか。

彼は件《くだん》の事件の聴取結果を報告してくれた。

「呉黎春《ごれいしゅん》が自白をした」

「それで、彼はなんと？」

「暗殺が自作自演だということは認めた。愛する公主殿下のことを偽者と疑う肖弘玄《しょうこうげん》が許せなかったのだとな。蓮羽に関しては、殿下の愛を独り占めにしている彼が憎くて、道連れにしてやるつもりだったということだ」

「愛するって……あの人、最後の最後で私を偽者だと言ったのよ」

「愛するゆえに、最後はともに罪に墜《お》ちたかったというのが、あれの言い分だが……」

もちろん、それが藍花を庇《かば》っての言動ではないことは豪栄もわかっている。

「あの大勢がいる広間であんたを偽者と暴けなかった。しかも俺《おれ》があんたの味方についているとわかった上は、聴取であんたに不利な証言をすれば、かえって罪が重くなると考えたんだろうな。だから、できるだけ同情を誘った理由で罪を認め、減刑を狙《ねら》ってるんだ」

なかなか食えない男だ。兄弟《きょうだい》の暗殺や父親に毒物を与えた嫌疑については、このまま不問になるのだとか。なんでも呉家のほうで否定したらしい。身内から重罪人を出しては、家名に傷がつくと判断してのことだろう。

ちなみに肖弘玄は暗殺の容疑は晴れたものの、禁兵を使って藍花を調べさせたことが、公主への背信行為に抵触し、半年の謹慎処分になっている。

そして例の刺客であるが、彼はなんと黎春の異父兄だった。黎春の異父弟《ため》にあれこれと犯罪に手を染めていたようだが、呉家が不問にした罪を差し引けば、彼もまた罪は暗殺の自作自演だけということになる。

「黎春と刺客の男はどうなるの?」

「親族から受刑者が出て、ましてやそれが継嗣では呉家の体裁にかかわる。おそらく大金を払って、呉黎春の身柄を引きとり、その後は幽閉だろう。刺客も共犯者だから引きとられる可能性が高いが、ひょっとしたら彼だけは呉家の手によって密《ひそ》かに抹殺されるかもしれないな」

「そう……」

嫌なことを聞いてしまったように、藍花が顔を曇らせると、

「もしかして気がひけるか。あいつらだけが裁かれて」

藍花もまた公主を騙《かた》る罪人だ。望んでそうしたわけではないのだと、言いわけはいくらでもあるのだが、それでも彼らを正面切って非難することはできない。

「……ううん」

藍花はわだかまる思いを吹っ切るように首を横に振った。

「もう報いは受けてるわ。私、ここに来て、色んなもの背負っちゃったもの」

「そうか……そうだな」

豪栄は苦笑する。このぶんだと、彼女は公主としてこれからももっとたくさんのものを背負ってしまいそうな予感がしたが、それは黙っておくことにして、あっと思いだしたような声をあげた。

「仙王《せんおう》が戻ってきたぜ」

「蓮羽が？」

蓮羽も容疑者ということで一応は取り調べを受けたが、黎春が刺客とふたりだけの犯行だったと自白したために、先ほど釈放されたのだとか。

さっそく居室を出ていこうとする藍花に、豪栄がしかめっつらで釘《くぎ》を刺した。

「おい、わかってるだろうな」

「なにが？」

「子作りだ。子作りは厳禁だ。仲良くするのはけっこうだが、この一年、子作りだけはぜったいにしてくれるなよ」

　すると、藍花はとんでもないと言いたげに、目をかっと開く。

「冗談。あいつからは金銭回収の約束を取り付けるのよっ」

「金銭回収？」

「あ、そうだ。そこにあるの、見といてくださいね」

　と、藍花は円卓の上の数枚の書類を指さす。

「なんだ、これ？」

「言ったでしょう。男仙たちは仙寺に行かせないって。彼らの仕官先の案よ」

「あのなあ、こっちは例の事件で六卿《りくりょう》が三人になっちまって、それどころじゃ……」

　しかし、駆け足で去っていった藍花は、もうその場にはいなかった。豪栄はやれやれとため息をつき、円卓の書類をぴらりととって目を通した。

「なになに？――『男仙仕官先その一。王城直営餃子《ギョウザ》店を城下に新設』……だと？」

◇

藍花は男仙殿へと走った。

中庭のひときわみごとな桃の木のかたわらに蓮羽はたたずんでいた。まるで藍花が来るのを予感していたように、にこやかに迎えた蓮羽だったが、藍花はなにかを寄こせと言わんばかりに、彼の目の前に手のひらを突きつけたのだった。

「なんだよ、この手は」

「お金よ、お金。約束してちょうだい」

「お金？　約束？」

「一年後に桃宮を出たら、よその国で私のぶんまでがっつりもうけること」

「はあ？」

蓮羽はしらけた顔で肩をすくめる。

「いちおう、三日間拘束されてたんだぜ。まずはいたわりの言葉を」

「三日で打ちのめされるような軟弱男じゃないでしょ。それよりも私は今回の一件で引退金を諦《あきら》めたんだからね。あなたも関わったことなんだから……ほら、例の他国に行く件よ。私も多少は協力するから、たっぷり稼いで、私にいくらかよこしなさい。でなきゃ、ただ働きで公主なんてとんでもないわ」

するとと、蓮羽は渋るかと思いきや、

「……それでいいのか」

「ええ」

「ふうん。いいだろう」

あっさり快諾したので、藍花はかえって彼を案じてしまう。

「……だいじょうぶなの？」

彼女のそんな人のよさも楽しむかのように、蓮羽はうっすら笑い、

「ああ。それどころか歓迎だ」

「歓迎って……」

「だって俺に養ってほしいってことだろう。つまり俺に求婚してるんじゃないか」

「は？」

求婚？——まさかそんな意味にとられるとは思っておらず、藍花はたちまち頬《ほお》を染めた。自分が言ったことの本心を探る。求婚のつもりだったのだろうか。いいや、けっしてそんなつもりでは——。

「待って、待って、私、そんな意味で……」

藍花が戸惑えば、蓮羽はやわらかに彼女を桃の木に押しつけ、顔を近づける。

「金でおまえの気持ちが射止められるなら、やってやるよ。伝説の商人でも、草原の王様でもなんでも、目指してやろうじゃないか」

「し、失礼ね。私はお金に心を売ったりなんか……」

「じゃあ、どんな男が好きなんだ」

という問いかけに、藍花は真剣に考え込み、

「お、お金がある人」

「やっぱりそれだろうが」

「あ、それと、母さんとか初初《ちゅちゅ》たちも引き取ってくれる人じゃないと嫌よ」

「俺たちの邪魔をしなけりゃ、べつにいい。他《ほか》には」

「他……？」

藍花は眉間《みけん》にしわを寄せるほどに思案し、照れたようにぼそりとつぶやいた。

「……こ、こんな私でも好きな人」

「なら、俺は全部合格だ」

「なんでよっ。あなたはまずはお金を用意して……」

しかし生意気な唇は蓮羽の口づけにふさがれる。やさしい吐息とついばみに、心を奪われそうになった藍花だったが、ふいに頭上から降ったひとひらの桃花に頰をなでられると、はっと我に返り、彼を押しやった。

「駄目……私は公主殿下じゃないし」

「そんなの最初から知ってることだ」

「こ、ここでは恋はしちゃいけないって言われてるのよ」

「俺は待てない」

「待ちなさいっ」

藍花が蓮羽の目の前に手のひらをかざすと、

「俺は犬かよ」

「犬のほうがよっぽど聞き分けがいいわけなんだけど」

「でも、今のうちに先約をしておかないとなあ」

と、蓮羽は小さな声でつぶやく。

「え?」

おりしも刻は昼すぎだった。

いつものように男仙殿から侍童の号令が聞こえてきたのだが、

「剛健《カンチェン》! 剛健《カンチェン》! 剛健《カンチェン》の時間アル。ただ今、中庭で公主殿下と仙王が大接近アルよ。このままではみんな負け組アル。それが嫌なら、妨害しちゃうアル〜!」

煽《あお》るような内容に、藍花はきょとんとなった。

「なに、あれ? だれが言わせてるの?」

「どうせ夏官長だろ」

「拡声鬼《かくせいき》が？　どうしてよ？」

「そりゃ、俺たちに子どもが生まれたら困るから」

「だから、作らないって……っ」

言ってるうちに、男仙殿から男仙たちが群れをなして飛びだしてくる。先頭を走るのはもちろん飛猿《ひえん》と冬星《とうせい》のふたりだ。

「公主さま、隊商にいたオレのほうが、きっと甲斐性《かいしょう》はあるんだぜっ」

「いいえ。『子曰《しいわ》ク、恋ヨリ金』僕のこの知恵を金策にお使いくださいっ」

彼らが猛烈な勢いで駆けてくると、蓮羽は藍花をふわりと抱き上げた。

「行くぞ」

「え？　どこに？」

「もちろん、だれも来ないところ。三日ぶりなんだ。たっぷりとおまえを堪能させてもわらないと」

我慢できない蓮羽に、ちろりと頬を舐《な》められ、

「やめてよっ」

「だったら、あいつらの群れに置き去りでもいいのか」

「ひどっ。脅すわけ？」

結局、一択強制で蓮羽の首に渋々しがみつくと、髪の桃花にそっと口づけられ、惑わすようなささやきが降りそそぐ。

「……おまえの花はぜんぶ俺のものだ」

「もうっ、そんなこと言う暇あったら、お金を稼ぐ方法を今から考えてっ」

けれど大金をつかむよりも、なぜか今は心が躍らされるような気がする。そのわけをじっくり考えたいのに、蓮羽がそれを許さない。逸《はや》るように走りだし、藍花をはじめての世界へ連れ去っていこうとするのだ。

ふたりを追いかける男仙たちの声がたちまち遠ざかる。

「「「「公主さま！　どうか私たちにも恋の桃花を！」」」」

華歴《かれき》九八五年。この年金崙《こんろん》国にて禅譲《ぜんじょう》した第四七代桃仙公主《とうせんこうしゅ》の、最後の一年の公務に関する記録が、金崙正史で空欄になっている理由は定かでない。しかし彼女が巷《ちまた》に残した逸話は初代公主に続いて多く、〈銭仙公主〉との別称で後の世に語り継がれている。

なお、この公主の退位にともない、およそ百人の男仙が桃宮を辞したが、その後仙寺において出家の記録がある者はひとりもいない。唯一、〈蓮羽〉という名の男仙のみが消息不明ということになっている。

ただこれより数年後、西の広大な草原地において、ひとりの英雄が国を建て、初代皇帝となった彼の名が〈レンウ〉というのは偶然の一致か。興国時の記録は乏しく、わずかな史籍も一部欠損のため、彼についてわかることは少ないが、后妃の名は〈アイ…〉（虫食いで判読不明）。彼女の尽力により国は財力が突出して潤い、今も繁栄は盤石であるという。

あとがき

こんにちは！　あるいは、はじめまして！　一迅社《いちじんしゃ》さまからはお初となります、めぐみ和季《わき》です。

ある日、ふとつけたＴＶのドラマでこんなワンシーンがありました――広い広い食卓にずらりと並んだ食事を前にする西太后《せいたいごう》。彼女はそのうちのほんのわずかにしか口をつけないという贅沢さの極み（余談ですが、西太后は一日に西瓜《すいか》を三〇〇個以上消費したことがあるとか。一番真ん中の甘い部分しか食べなかったそうです）――このシーンに遭遇した私は、なぜだか萌え、いや、燃えました。食い尽くせない量の食事を前にする女権力者が、まさか私の壺だったとは。

そんなわけで今回は中華風です。もちろん女王の食事シーンも入れました。ちなみに名称等はほぼ架空ですが、官職名は西周時代のものを参考にしております。作者の独断で「大宰」→「宰相」になど、けっこう変更はしましたが。

イラストのサカノ景子《けいこ》先生、ありがとうございます。私のつたない表現力では大変手こずられたことと思いますが、もうラフの時点からキラキラ感がハンパなくあふれでていて、いただいてからの数日間は興奮がやみませんでした。「豪華絢爛」という言葉がぴったりのイラストです。

担当女史にはかなりご迷惑をおかけしてしまい恐縮です。まさかの締め切り二度の延長。やはり体調管理は普段からしっかりしておくべきでした。ほとんど医者にかかった経験がないので、たかをくっていたら、自分でも思いも寄らなかったところからほころびが出てきてしまいました。

お手にとっていただいた読者さま。いつかまたどこかでご縁がつながる機会が巡ってくるでしょうか。それを期待しつつ、さようならではなく、ひとまず、を締めくくりの挨拶とさせていただきます。

——では。

一迅社文庫アイリス

女王《じょおう》サマは優雅《ゆうが》なご稼業《かぎょう》!?
～桃宮《ももみや》は危険《きけん》な恋《こい》に満《み》ちて～

2013年10月1日　初版発行

著　者■めぐみ和季
発行者■杉野庸介
発行所■株式会社一迅社
〒160-0022
東京都新宿区新宿2-5-10
成信ビル8F
電話03-5312-7432（編集）
電話03-5312-6150（販売）

印刷所・製本■大日本印刷株式会社
ＤＴＰ■株式会社三協美術

装　幀■小菅ひとみ（CoCo.Design）

ISBN978-4-7580-4484-4

●この作品はフィクションです。実際の人物・団体・事件などには関係ありません。

この本を読んでのご意見
ご感想などをお寄せください。

おたよりの宛て先

〒160-0022
東京都新宿区新宿2-5-10
成信ビル8F
株式会社一迅社　ノベル編集部
めぐみ和季《わき》 先生・サカノ景子《けいこ》 先生